創作トレーニング

ストーリーの作り方2 実践編

野村カイリ 著

新紀元社

はじめに

　この本は既刊『ストーリーの作り方』の続編です。内容のどこがちがうかというと、前作ではストーリーを作る際の基礎的な考え方を書きました。それに対し、今作は実際のストーリーの製作過程を追ってみました。

　ストーリー作りの手順はひとさまざまです。ですからこの本に書いてあるのは著者の個人的な作り方でしかない、といえばその通り。しかしそれを言っちゃあおしまいです。他人の作り方を知る機会はそうはないはずで、ひとの振り見て我が振り直せ…というわけでもありませんが、あらためてストーリーの作り方を考える機会になるのではないでしょうか。

　章立ては、いわゆる作品ジャンル別になっています。ジャンルと一口に言っても世間の分け方、まとめ方は、必ずしも同一基準、同一尺度ではありません。たとえばファンタジーは物語要素に超自然的な事柄があるものをひとまとめにしたものです。SFはその逆で科学的事柄が含まれなければなりません。作品にある種の品物や現象が求められるのです。一方でミステリーは、そうした品物や現象にはこだわらず、ストーリー進行に謎解きを用いているものをひとまとめにしたものです。ですからSF世界を舞台にしたミステリーがあってもよいことになります。またヒューマンドラマともなれば人間が持つ情愛の琴線に触れるものであればよいわけですから、SFでミステリーでヒューマンドラマといったジャンルがクロスオーバーした内容も可能です。この辺りのことをご承知の上でそれぞれのジャンルの章をお読みください。ちなみに、そのジャンルでの良品は、たいていはそのジャンル性に特化しているか、色濃くジャンル性を打ち出しているものです。

　この本を通じて、ストーリー作りへの取り組み方だったり、作り方だったりで、皆さんになんらかの刺激を与えることができたならと思います。

2017年春
著者敬白

もくじ

1 ファンタジーを作る ●005

ファンタジーを作りたいのですが
どうすればファンタジーになりますか？

F1　作例と解説　剣と魔法の世界
- 01　作りたい物語のイメージを持つ　010
- 02　ストーリー構造を選ぶ　012
- 03　冒頭の場面から作ってみる　019
- 04　どんな感じの場面にするか　021
- 05　登場人物を動かす　027
- 06　冒険の目的と旅の行き先を決める　031
- 07　理屈が通っているかチェック　034
- 08　旅（物語の本筋）の始まり　047
- 09　旅の準備をする　051
- 10　旅で起こる出来事　053
- 11　旅の仲間を得る　059
- 12　危険と困難でエピソード作り　065
- 13　人物を紹介しながらのエピソード作り　082
- 14　背景を知らせるエピソード作り　089
- 15　ボツにする勇気　099
- 16　仲間の連帯と分断　103
- 17　登場する場所に個性を持たせる　107
- 18　いざクライマックスへ　111
- 19　終わらせ方は難しい　120

2 ミステリーを作る ●125

ミステリーを作りたいのですが
どうすればミステリーになりますか？

M1　ミステリーの作り方
- 01　なにをしたくてミステリーを作りたいのか　128
- 02　ミステリーのストーリー構造　131
- 03　ミステリーの謎を作る　137

M2　作例と解説
　　 バナナの皮殺人事件
- 04　ミステリーを作ってみた　150

もくじ

3 サイエンスフィクションを作る ●161

SF を作りたいのですが
どうすれば SF になりますか？

SF1　SF ストーリーの作り方
- 01　SF 以外のストーリーを SF 化する　166
- 02　進歩した科学技術そのものから SF を作る　176
- 03　架空の生物を登場させて SF にする　183
- 04　別世界の物語　186
- 05　未来を予測して SF にする　188
- 06　SF で文学する　192

SF2　作例と解説　連続スペースオペラ
- 07　連続ドラマのパターンで SF を作る　204
- 08　宇宙を旅する目的を決める　206
- 09　宇宙船のイメージを作る　208
- 10　宇宙船の乗組員を設定する　209
- 11　エピソードのパターン　212
- 12　エピソードを組み上げる　221

4 ヒューマンドラマを作る ●227

ヒューマンドラマって
どんなストーリーですか？

H1　ヒューマンドラマの作り方
- 01　ヒューマンドラマに欠かせない要素　232
- 02　流れ者が作るヒューマンドラマ　234
- 03　新参者の物語　243
- 04　魂を癒してくれるヒューマンドラマ　245
- 05　心温まる人情ストーリー　247
- 06　善意の行動でひと助けする娯楽作品　249

H2　作例と解説
　　　流れ者パターンのヒューマンな娯楽ドラマ
- 07　流れ者でヒューマンな娯楽作品を作る　252

附録
起承転結に代わる5つのパートで
ストーリーを作る ●269

起承転結では作れない　270

ファンタジーを作る

ファンタジーを作りたいのですが どうすればファンタジーになりますか？

　ファンタジー　fantasy［英語］という語には、空想、幻想、途方もない想像、といった意味があります。創作ジャンルとして言い表すときにはファンタジー＝幻想的作品、または幻想文学と訳されます。では、具体的にどのような内容にすればファンタジーの作品になるのでしょうか。

　逃げ腰で解説するなら、ひとそれぞれのイメージと定義があってよい、という当たり障りのない理屈になるでしょう。しかしヘッポコ解説者にもヘッポコなりの考えがあって、またそれを示す立場にもあります。逃げてばかりもいられません。本書で作ろうとしているファンタジーとは以下のものだとしてください。

　① **現実には存在しない超自然の存在**が登場する。
　例：竜やゴブリン、霊魂や悪霊、伝説の大陸や理想郷、いわゆる魔法のランプといったマジック・アイテム、などが登場する作品。
　② **現実では起こり得ない超自然の現象や出来事**が起こる。
　例：魔法を使う。自転車で空を飛ぶ。愛しいひとが甦る。魂が入れ替わる。自分の分身が現れる。不治の病が治る。別の時代や世界に行く。
　③ **超自然的で神秘的な雰囲気**がある作品。
　①と②の要素が醸し出す要素です。

　①と②は単独でも、合わさっても構いません。たとえば①が単独なら「現代人が魔法のランプを手に入れたなら」「先祖の霊が不出来な子孫を助けてくれる」といったお話。②が単独なら「男女や親子の魂が入れ替わる」お話。①と②の要素が合わされば、たとえば「剣と魔法の世界」の物語ができ上が

ります。

　舞台となるのが異世界（現実とは異なる世界）であるか、その逆に現実社会であるかはファンタジーであることを決定づけるものではありません。①や②の要素があれば背景世界はどんなものでもよいのです。

　③の要素は実は一番大切な要素です。より簡単に言うなら"**ファンタジーの雰囲気**"というものでしょうか。
　ファンタジーにはファンタジーの雰囲気が必要です。"雰囲気"とは、ひとによって異なり、曖昧で、はっきりとした形のないものです。しかし、これがないとファンタジーにはなりません。どれだけあるかは厳密には問われません。たとえば①の超自然の存在を出しただけでも雰囲気は出てファンタジーとなります。たとえば次のように。

　　その日、ボクは家で留守番をしていた。すると玄関のチャイムが鳴った。開けると、おかっぱ頭で着物を着た女の子が立っていた。
「これから世話になるゾ」
　そう言うと女の子は草履を脱いで上がり込み、ずかずかと廊下を奥へと入っていく。あちこちの部屋を覗き込み、
「床の間がないではないか」。
「そんなものウチにはないよ。って、それよりキミは誰だよ」
「座敷童じゃ」
「へっ？」
「知らんのか？　祟るゾ」

　座敷童（ざしきわらし）は東北地方の古い屋敷に棲むとされる超自然の存在です。いなくなると家勢が衰え、棲んでいれば家が栄えると言われており大切にされます。祟（たた）るということはありませんが、作例の座敷童は少し変人かも知れません。
　このストーリーの着想が、ただ単に「単調な日常生活に劇的な変化を与えるとおもしろそう」と言うだけで思いついたのなら、突然の訪問者を座敷童

のような超自然の存在にする必要はありません。たとえば次のように。

> その日、ボクは家で留守番をしていた。すると玄関のチャイムが鳴った。開けると、でっぷりとした青色の雪ダルマが立っていた。
> 「ボク、未来からやってきた猫型ロボット。名前は…まだない…」

　あるいは宇宙人が訪ねてきても構わないのですが、そうなると科学的な事象を前提にした作品となりジャンルはSFとなります。チェンソーを持ったホッケーマスクの男であればホラーです。逃走中の脱獄囚であればサスペンスとなります。

　同じく日常生活の単調さ、穏やかさを壊すことから着想されたとしても、座敷童を登場させた時点でファンタジーの雰囲気が醸し出され、ジャンルはファンタジーとなります。座敷童を選択したということはファンタジーにしたかったということでもあります。

　なお、①②③の要素がなくても、憧れや夢を作品内で実現させたり、心が癒され気持ちのよい終わり方をする作品、たとえば「普通の女の子が容姿端麗で才能のある資産家と結婚する」といった現代作品もファンタジー（現代のおとぎばなし）と表現されることがあります。しかしそれは文飾というもので、ここで言うジャンル分けをしているわけではありません。

　それでは、実際にファンタジーストーリーを作っていくことにしましょう。ファンタジーには、日常的な生活に超自然的な事柄が入り込む「日常のファンタジー」もありますが、ここではよりはっきりとファンタジーを押し出せる作例としました。作るのは「剣と魔法の世界」でくり広げられる「冒険ファンタジー」です。

F1

作例と解説

剣と魔法の世界

01 ● 作りたい物語のイメージを持つ

物語作りでは、まずは物語のイメージを持つことが大切です。

　こんな感じの物語を作りたい
　あんな作品を作ってみたい

こうした素直な気持ちが大切です。

　ここでは、冒険ファンタジーを作りますが、まずはその内容のイメージを持つとしましょう。
　国語の辞書である『広辞苑』（岩波書店）で調べてみると、冒険とは「成功の確かでないことを敢えてすること」とあります。ここでいう冒険ファンタジーとは、そんな定義の冒険をするファンタジー、つまり現実と掛け離れた冒険を物語の中心に据えた作品としてください。舞台として選んだのは、最もファンタジーらしい「剣と魔法の世界」です。

　剣と魔法の世界を舞台にした冒険ファンタジーといえば、J.R.R.トールキン作の小説『ホビットの冒険』(1937)と1954年に刊行を開始した『指輪物語』3部作（『旅の仲間』、『二つの塔』、『王の帰還』）が頭に浮かびます。どちらも映画化されてヒットしましたから、原作を読んでいなくとも、映画を観た方は多いでしょう。
　『ホビットの冒険』はトールキンが自分の子どもに聞かせるために作ったというだけあって、まさに冒険ファンタジーといってよい取っつきやすさと分かりやすさがあります。『指輪物語』のほうは、その世界での歴史的事件を英雄的に描いています。R.E.ハワードの小説『征服王コナン』(1950)のシリーズのようにひとりの超人的ヒーローの活躍とは少々違い、世界全体で事件に

取り組む叙事性が何げに格調もあって、大衆文学の語感を持つ冒険ファンタジーの名で呼ぶのを躊躇する方もいるかも知れません。だからといって作品のおもしろさが作品内で描かれた冒険に大きく拠っていることについては誰も否定できません。

　こうした文学作品とは別に、日本で「剣と魔法の世界」を広めることに大きな役割を果たしたのが家庭用ゲーム機で遊ぶ**コンピュータRPG**（ロールプレイング・ゲーム）です。中には哲学的というか、ねじくれたというか、複雑なゲームシナリオも見受けられますが、コンピュータRPGの黎明期のゲームシナリオは、たいがい、より幅広い層を意識した、シンプルで分かりやすい冒険ファンタジーでした。

　ファンタジーの作例を作るに当たっては、この、どちらかというとクラシックなRPGのシンプルなシナリオをモデルにして作例を作っていくことにします。ストーリー作りの作業過程が分かりやすいと考えたからです。また、リラックスして作例と解説を読んでいただきたいのでパロディー調にしました。

　作例の名は、題して…

冒険者ヒロ　しばしの別れ

　いざ、剣と魔法の世界へ。

02 • ストーリー構造(パターン)を選ぶ

　トールキンの2作品のように、冒険ファンタジーの多くは、旅をする中で冒険が進行していく作りになっています。つまり、**旅の物語**となっています。ストーリーは次の図のような構造をしており、これに沿って物語が進行していきます。

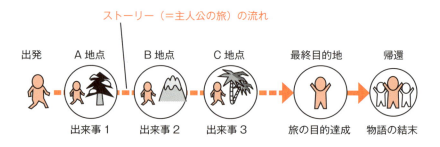

　主人公、あるいは主人公たちは旅の途中でさまざまな土地に立ち寄ってはいろいろな事件と出来事に遭遇します。旅の過程全てが冒険そのものであり、冒険が成功するかしないかは最終目的地で決まります。

　この構造の特徴は**いくつもの異なる地点（場所や土地）を訪れる**ことです。場所を移れば、主人公を取り巻く環境も新しくなり、それまでのものとは色彩の異なる新たな冒険に身を置くことになります。

　ファンタジー的な世界、とりわけ剣と魔法の世界であれば、訪れた土地の地形や気候、文化や住人、そのほかの設定に、現実にはあり得ない特徴を設定することもできます。

　たとえば、次のように。

しかも土地ごとに極端に異なっても違和感はありません。当然その地でのエピソードにも際立った個性を持たせることができます。

ということで、この「旅の物語」の特徴を活かして冒険ファンタジーを作りたいと思います。具体的には「旅の物語」の構造に当てはめて作っていくのですが、冒険の旅の場合には、もう少し細かく、次の3種類の構造の中から選ぶことができます。

① 主人公の冒険だけをほぼ追う。
② 主人公の冒険と、それに関連する別の冒険を並行させつつ描く。
③ 冒険の目的とは関係しない独立したエピソードを挿入する。

どれにするか、まずはひとつずつ検討していきましょう。

 ## 02-1 ● 主人公の冒険だけをほぼ追うことにしようか？

全てとまではいかなくとも、ほぼ主人公の冒険の旅だけを追う作りです。図にすると次のようになります。

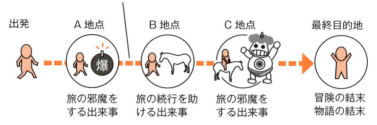

　途中の出来事とエピソードは、単純に分ければ、旅（冒険）の「邪魔をする」か「手助けをする」かです。この作りの代表的な例がお伽話の『桃太郎』です。

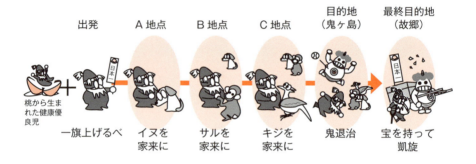

　旅部分に入ってからは、桃太郎だけを追っています。鬼ヶ島までの道中にこれといって邪魔はありませんが、手助けとなる3匹のお供を次々と得ていきます。
　なお『桃太郎』の物語では、冒険の旅に入る前段階で、桃太郎が特別な人間（桃から生まれた桃太郎）であることを描くお話を置いています。

 02-2● 関連する別の出来事も描くことにする？

　主人公の旅を追うだけでなく、別行動する仲間や、敵役の動きも取り入れていく作り方もあります。

ナレーション風に表現するなら、「主人公が〇〇していたちょうどそのころ、別行動中の仲間たちは…」、あるいは「で、一方の敵役はなにをしていたかというと…」といった感じでエピソードを切り替えていきます。

図にすると次のような構造です。

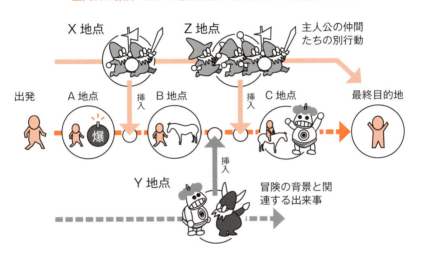

主人公の冒険＋ほかの場所で起こる出来事）と物語描写の流れ

とりわけ映画では、主人公のシーンと、別の場所にいる仲間や敵役のシーンとのスムーズな切り替えが、観客を惹きつけるシナリオ構成上のテクニックとなっています。

たとえば『指輪物語』3部作をP.ジャクソン監督が映画化した『ロード・オブ・ザ・リング』3部作（2001、2002、2003）。主人公たちがひと知れず地道な旅を続けながら作品のメインテーマを綴る一方で、ほかの仲間たちは大人数で合戦をし、映像作品ならではの派手な活劇とスペクタクル面を担当しています。行動の質は違いますが、どちらとも悲壮で感動的、かつ英雄的です。この構造を利用する場合には、そうした効果上の役割分担を考えつつバランスを取っていきます。別々の冒険なのに、同じ印象しか与えられないのでは分ける意味があまりありません。

この作りの欠点は、どうしてもストーリーの場面や描写の分量が多くなり、**長い物語**になってしまうことです。そのことは『指輪物語』を見れば分かります。作者に**意欲と時間と忍耐**がなければなかなか手は出せません。**構想力と整理力**が必要なのはもちろんですが、そうなるといよいよ手が出せなくなってしまいます。

02-3● それとも独立したエピソードを連結していく？

　より取っ付きやすい旅の物語の構造に、RPG方式があります。著者が勝手にそう呼んでいるだけで、正式な名称ではありませんが、コンピュータでプレイされるRPGにしばしば見られる作りです。

　この作りは、何らかの目的を持って冒険の旅に出た主人公が、訪れた土地で事件や出来事に巻き込まれ、それを落着させて旅を続けると、旅の訪問地ごとに事件に巻き込まれていくというものです。

　図にすると次のような感じです。

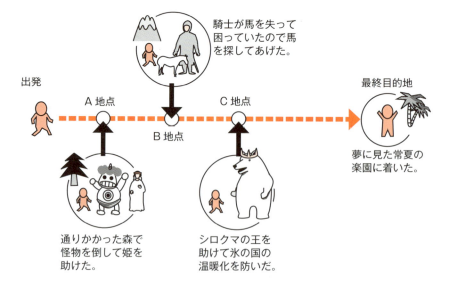

学校から家に帰る間に寄り道をしていく感じです。しかしこれでは、エピソード間のつながりがありません。旅の目的を果たすというメインストーリーに関連づけると次のようになります。

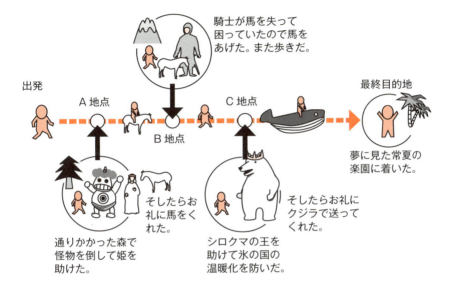

移動手段で関連づけただけですが、このようにちょっとした関係づけでもひとつの物語にはなるものです。

　たいていのRPGではもっと内容的に関連づけています。各エピソードの中で旅の手掛かりや仲間を得たりと、物語のメインストーリーを進行させる上での役割を果たしています。しかし起こる事件や出来事の内容そのものはその場限りのものもあり、実態はメインストーリーから独立した別のストーリーがエピソードとして挿入されていることが多いようです。

　この構造のよい点は、独立したストーリーを別個に作り、それらをつなげるだけで旅の冒険物語が完成するところです。できればメインストーリーとは切り離せないエピソードにして、ひとつの物語としたいところですが、それができなかったとしてもそれはそれ。その場合には逆に単独作品として成立できるほどに個々のエピソードを磨き上げます。

たとえば怪物がお姫さまを襲っている場に主人公が出くわしたとします。主人公が怪物を倒してお姫さまを救っただけでは主人公の強さや正義感を出すエピソードでしかありません。しかし怪物に特別な背景や事情があったとしたらどうでしょう。

Sample 02-3

　怪物は、実は悪い人間の領主の圧政で孤児となった大勢の人間の子どもたちを養うために悪行を働いていた。襲った姫は領主の娘で、人質にして身代金を奪い、その金で孤児たちを養おうとしたものだった。あわよくば圧政を止めさせようとも考えていた。だが、なにも知らず割り込んできた主人公のせいで失敗。しかし事情を知った主人公は怪物を手助けすることにする。その甲斐あってか苦しんでいた領民の大人たちも立ち上がり、領民は圧政から開放される。だが、領主の残党が大人たちを扇動して怪物を襲わせる。孤児たちを養っていたのは後々に食べるためだったと、疑心と恐怖心を煽ったのだ。そうして怪物は大人たちの手で退治されてしまう。子どもたちに大人たちを責めてはいけないといって怪物は死んでいく。

このエピソードの内容に主人公の当事者性はあまりありません。主人公は怪物と交流し手助けもし、やり切れない感情を抱き、怒りのやり場に困りますが、彼は目撃者または補助者であってこのエピソードの主人公ではありません。主人公は死んだ怪物です。主人公を狂言回しにして、こうしたお話をいくつかつなげれば短編作品の連作のようになってひとつの長い冒険物語を作ることができます。

　もうひとつ、この構造のよいところは、物語全体を構想していなくても、取りあえずひとつのエピソードから物語作りを始められることです。

　この章では上記3構造のうち、一番シンプルな作りである**02-1**の主人公だけを追う構造でストーリー作りを進めることにします。

03 ● 冒頭の場面から作ってみる

作るのは最初の場面からです。どこから作ってもよいのですが、この本の読者が読み進めやすいように物語の頭から作っていきます。

さて、どうするか。

ピカッ、とアイデアがひらめきました。こうしてはどうでしょうか。

Sample 03

眠っている主人公のヒロ。物語はヒロが目覚めるところから始まる。

主人公が目覚める場面から始まるストーリーをどこかで観たり、聞いたり、読んだりした記憶はありませんか。しばしば物語の冒頭で用いられるアイデアです。というよりも仕掛けといってよいかも知れません。

拙著『ストーリー世界の作り方』(101 〜 103 ページ) でも触れましたが、私たち人間は、あるモノを見たときに、**誰もがほぼ共通のイメージを持つ**ことがあります。

たとえば動物の赤ちゃんを見たときに「かわいい」と思うのは、頭が大きくてそれ以外のからだが小さい姿をしているからです。リカちゃん人形は可愛い、バービー人形は素敵、と感じるのもからだの比率 (頭身) が、それぞれ子どもと大人のそれに準じていることが影響しています。

ある種の記号によって、私たち人間が共通したイメージを持つことは、モ

ノだけでなく、状況や環境でも同じです。ここで採用しようとしている「眠りからの目覚め」もそのひとつです。朝になって眠りから目覚めたとき、それは**昨日とは異なる新たな別の一日の始まり**を意味します。

　たとえば「今日も1日がんばろう」「今日こそはテスト勉強しよう」「今日こそは酒を飲まないようにしよう」と思ったことはありませんか。「ないし、毎日が同じことのくり返しだ」というのはお気の毒ですが、本来は目覚めとは、新たな生の始まりであり、命の再生なのです。

　このイメージは、お伽話にある「**むかし、むかし、あるところに…**」という冒頭の文言と同様に、「これからお話がはじまるから、しっかりと聞いてね」という宣言と同じ効果をもたらします。これによって物語の受け手たちの心を新(さら)の状態にさせ、これから始まるお話の世界に自然と入り込めるように**誘導**しているのです。いわば仕掛けのようなものです。とりわけ現実と掛け離れた物語世界を舞台とするファンタジーストーリーでは、現実世界から物語世界へと**精神を切り替えるスイッチ**として有効です。切り替えスイッチは物語に入ってからの異世界への移動の際にも用いられます。C.S. ルイス作の『ナルニア国物語』(1950-56)のタンスや、L. キャロル作の『不思議の国のアリス』(1865)の穴、宮崎駿監督のアニメ映画『千と千尋の神隠し』(2001)のトンネルといったもので、一般には、狭く暗い空間を通ることがスイッチとなり、世界の切り替えを納得することができます。この場合は、(ひとを成長させる)想像世界は現実のすぐ側にある、あるいは現実の中にある、といったメッセージにもなっています。

　ということで、作例でも朝の目覚めから始めることにします。

04 ● どんな感じの場面にするか

　ここで少し演出の話をします。眠っている主人公が目覚める場面を冒頭シーンとしましたが、具体的にはどういう感じにしたものでしょうか。

　ストーリー構成を考える中では、**どこでどの程度盛り上げるかを計算**したり、**リズムやテンポを変えた場面演出の切り替えを意識**することが大切です。その辺りの説明については拙著『ストーリー作り方』（p.72〜79）を読んでいただくとして、とりわけ冒頭をどう始めるかは、物語の受け手の関心を逸らさないためにもしっかりとイメージすることが大切です。冒頭でうまくスタートできれば、あとのストーリー展開はスラスラと進む傾向にあります。

　冒頭場面の始め方には大きく次の2種類があります。

① 　**穏やかにゆるゆると**始める。
② 　**激しく盛り上げて**始める。

　曲線で表現すると次のような感じです。

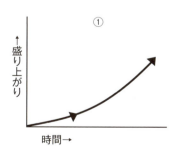
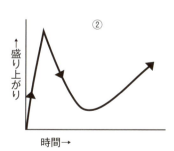

　①は徐々にストーリーが盛り上がっていきます。一方の②はいきなり盛り上げて物語の受け手を惹きつけようというものです。感覚的ですが、じっく

り物語るか、びゅんびゅん物語るかの違いです。言い替えるなら静から始めるか、動から始めるかです。

　始め方には、正しくは③として①と②の中間もありますが、①と②のどちらにどれだけ近いかという程度の問題なので、とくに説明することはありません。作者それぞれの感覚にお任せするといったところです。

　また、イメージが湧けばよいことなので、音楽が好きな方や得意な方は冒頭場面に流す音楽（BGM）でイメージしてもよいでしょう。2拍子、3拍子、8ビート、16ビート、マーチ、ワルツ、ロック、演歌、カラオケでいつも唄う歌、などなど。音楽を手掛かりにして場面の調子を想像してください。
　映像に強い方なら、最初のカットを遠景（ロング）と近景（アップ）のどちらで始めるかでイメージしてもよいでしょう。

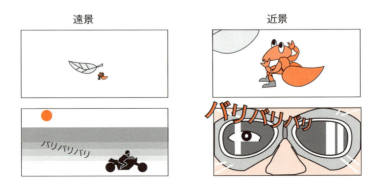

　ここでは①の「穏やかにゆるゆると始める」にしてみます。すると、次項 **04-1** のようになりました。

 04-1 ● 誰かのやさしい声がする

眠っている主人公が穏やかにゆるゆると目を覚まします。

Sample 04-1　誰かのやさしい声がする

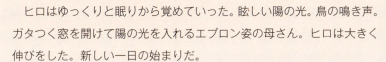

「ヒロ、ヒロ」
　誰かが呼んでいる。
「ヒロ、朝よ。起きなさい」
　ヒロはゆっくりと眠りから覚めていった。眩しい陽の光。鳥の鳴き声。ガタつく窓を開けて陽の光を入れるエプロン姿の母さん。ヒロは大きく伸びをした。新しい一日の始まりだ。

　どこかで見たような感じがしませんか。それもそのはず、日本でコンピュータRPGを広めた高名なゲームソフトシリーズに敬意を払い、シリーズのうち著者お気に入りの1本の始まり方を参考にしています。

　コンピュータRPGではゲーム中のキャラクターとプレイヤーが同化することでゲームが進行していきます。目覚めからシナリオをスタートさせれば同化もしやすくなるのではないでしょうか。一方で同化するのではなく、あくまでも操作して遊ぶという考え方もあります。そうしたいのなら逆で、同化しないよう気を配ったほうがよいように思えます。

　これを小説に当てはめるなら、主人公のつもりになって読むようしむけたいのか、主人公というひとりの人間の人生を目撃させたいのか。それは創作のための戦略であり、大袈裟にいえば作家としての姿勢にもつながります。

　なお、作例はイメージしやすいように少しばかり小説の風味を加えています。粗筋もしくはシナリオの説明書き（ト書き）風ならこうなります。

> **Sample 04-1'**
>
> 　自宅の暖かなベッドで眠っている主人公のヒロ。物語は母親のやさしい声でヒロが起こされるところから始まる。

　なお、本書の作例では、その場の必要に応じて小説風と上のようなト書き風の2つの書き方を併用していきます。

　作業に戻りましょう。せっかく作るというのに、どこかで見たような場面、と言われるのも癪に障ります。できればちがった演出でやってみたいと思います。穏やかにではなく、「激しく盛り上げて始める」とどうなるでしょうか。

04-2 ● 衝撃で目が覚めた

　同じく目覚めるにしても演出によっては、激しく盛り上がるようにすることができます。たとえば次のようにです。

> **Sample 04-2**
>
> 　鋭い悲鳴が聞こえてヒロは目覚めた。同時にベッドごとなにかに跳ね飛ばされた。ベッドと家具の間から這い出すと、部屋の入口で床に伏せている母さんが見えた。必死の形相でなにかを叫んでいる。ヒロは入口まで這っていこうとした。ところが目の前を横切るようにして床が裂けている。渓谷のようになって階下までがすっかりと見通せた。床だけではない。壁も天井も屋根も、家の真ん中目がけて空から鋭いナイフの切

> れ込みが入れられたかのようだ。と、突然に木材を粉砕する音がして思わずヒロはからだをすくめた。目の前をバキバキと、家具を跳ね飛ばし、木ぎれを飛び散らしつつオレンジ色の光線が通り過ぎていく。家を裂いたのはこれだ。ヒロは合点した。そして光線が向かう先には母さんがいた。

　いきなりのアクション場面にしてみました。自室で寝ていたところを母親に起こされるのは 04-1 と同じです（こちらは悲鳴によってですが）。

　しかしこれではシリアスに過ぎます。試しに変えてはみたものの、作りたいのはもっとコミカルな調子のストーリーです。作例の題名をなんとなくふざけた「冒険者ヒロ　しばしの別れ」としたのも、そのためです。作りたいイメージとはちがうので、ここはやはり 04-1 の、やさしくお母さんに起こされる冒頭に戻します。このように試行錯誤をして行ったり戻ったりするのはストーリー作りでは当たり前のことです。と、ここで突然の演習です。

演習　目覚める場面のアイデアを探せ！

　04-1、04-2 の両作例とも、自室で母親に起こされる状況を設定しています。眠りから目が覚めるにしてもその状況はいろいろです。自分なりに探してみてください。たとえば次のような感じです。条件は、物語の冒頭の場面であること、主人公が眠りから目覚めること、の 2 つです。

Sample 演習 -1

　ヒロは赤ん坊になった夢をみていた。揺れている。ゆらゆらと揺り籠に揺られているようだ。だが身動きができない。次第に意識がはっきりとしてきた。毛布でぐるぐる巻にされて縛られて

いる。その姿で４人の男に担がれて運ばれている。思い出した。賭博場でイカサマをされ、文句を言ったら袋だたきにされて簀巻きにされたのだった。このままでは川にドボンだ。ヒロは叫んだ。
「お願い、止めて。なんでもするから助けて！」
　男たちの足が止まった。ドスの利いた声がした。
「ホントになんでもするんだろうな」
　失敗したかもしれない、ヒロはそう思った。

　昔の日本映画の股旅物では、しばしば渡世人が簀巻きにされていました。なんであれ、簀巻きにされて川にドボンよりはマシというものですが、ひょっとするとヒロは、もっとひどい目に遭いそうな気もします。命と引き換えにならず者のボスが求めるままに、散々な冒険に出向くことになりそうです。

　次はサスペンス物によくある展開です。

Sample 演習-2

　ヒロが目覚めると手に血まみれの短剣を握っていた。傍らには血を流した王さまが倒れていた。呆然としていると大きな音がして、扉を打ち破った護衛兵たちがどっと流れ込んできた。

　眠っていた主人公が目覚め、とんでもないことが起こっていれば、「いったいどういうことだろう」「どうしてこうなったのだろう」と知りたくなります。以上はあざとくもそのことを当て込んで作った場面です。
　こんな感じで、物語の始めとなる、主人公が目覚める場面をいくつか作ってみてください。

05●登場人物を動かす

とにもかくにも主人公が目を覚ましました。いよいよ物語が始まります。**物語とは登場人物が行動すること**です。行動しないとどうなるか。こんなことが起こります。

Sample 05-1

　一旦は目覚めたヒロだったがまだまだ眠い。今日はなにもすることがないし、寝るより楽はなかりけりだ。新しい一日の始まりは明日に回すことにしよう。ヒロは大あくびをすると再び深い眠りへと落ちていった。

　　　　　　　　　完（終）

　物語が終わってしまいました。これでは物語が始まりません。ヒロには是が非でもベッドから離れてもらいましょう。そう**させるのは作者**です。

　では、ヒロになにをさせるか。
　ヒロのすることは既に冒険旅行だと決まっています。作者が決めました。ところがヒロはまだ目覚めたばかりで、冒険のボの字も考えていません。つまり、ここでさせなければならないのは、旅行＝**物語の本筋までつなぐ行動**です。作者が**起承転結の起**ですることはそれなのです。
　じっくりと旅までもっていく方法もありますが、あまり手間を掛けたくない場合にはこういうことにもできます。

Sample 05-2

　今日はただの一日ではない。この国では15歳の誕生日を迎えたものは、大人になるために独り立ちの試練として冒険の旅に出る。今日がヒロのその日なのだ。

　いわゆる大人になるための通過儀礼を利用しました。昔ながらの伝統と文化が残る土地では、子どもが成人したことを認めてもらい、社会の正式な構成員になることを許されるには、定められた課題を儀式としてクリアすることが求められます。ちなみに遊びとして行われるバンジージャンプは、元々は南の国の成人になるための通過儀礼だったそうです。

　宮崎駿監督の『魔女の宅急便』(1989)では（原作は角野栄子の同名小説）、この伝統によって少女が、一人前の魔女になろうと旅に出ます。作品で描くべきは少女の旅＝独り立ちの過程ですから、旅に至る理由はこれで十分です。ただし、だからといって直ちに出発させることはしません。子どもでいられた環境と、そこから巣立とうとする意志と覚悟を、じっくりとではありませんが丁寧に描いています。

　ヒロの場合はどうでしょうか、同じく描くべきは冒険旅行ですから、旅立ちの理由にストーリーの分量をあまり割きたくはありません。冒頭場面だけでなく、どの場面であれ、**作品で描きたいものがなにかを考慮しつつ構成のバランスを取る**ようにします。

　別の例をもうひとつ。とはいっても伝統的社会秩序（の圧力？）によって冒険に旅立つことには変わりありません。ここではこちらを採用することにします。

Sample 05-3　魔王を倒してまいれ

　なかなかベッドから離れられないでいると、母さんにフトンを引っぺがされた。
「いつまで寝ているの。王さまにお城に来るよう言われているんでしょ」
（そうだった！）
　ヒロは飛び起き、身支度もそこそこに王宮へと向かった。

　お城では王さまが不機嫌そうにヒロを待っていた。そしていきなり大声で要件を切り出した。

「ヒロよ、魔王を、ブッ倒してまいれ」
　藪から棒とはこのことだ。わけが分からずキョトキョトしていると、王さまは剣を抜くや、ヒロの鼻先に切っ先を突きつけてきた。
「ええい、行くのか、行かないのか、どっちじゃ！」
「行きますゥッ！」

　再び高名なコンピュータRPGへのオマージュです。母親にお城へと送り出された主人公が王さまから依頼を受けます。ただしここではかなりムチャな様子になっています。専制君主とはしょせんこういうものだと開き直っているわけではありませんが、生殺与奪の権を握っている権力者に剣を突きつけられ、こうも高圧的に出られては、気が動転してつい承知してしまうのもうなずけます。
　ただし、それはあくまでもヒロの人格によります。人格によっては、土下座して勘弁してもらおうとしたり、冷静に諫めたり、湯気を立てて猛烈に抗議したり、あげくは剣を奪い取ってその場で反乱を起こすかも知れません。

登場人物の**行動を決めるのは、その人物の置かれた状況と人格**です。作例の **05-1** でヒロが眠ってしまったのは、ぬくぬくとしたフトンの魅力とヒロ自身の怠け癖のためです。一口に登場人物を動かす、行動させるといいますが、具体的には、**状況と人格の２つを決めることで登場人物を動かしていく**ことになります。ただし、ただ決めればよいというわけではありません。彼がそう行動することに**誰もが納得できる**ようでなければなりません。『魔女の宅急便』では、魔女になるには、独り立ちしなければならない決まりがあること、そしてそのことを少女が積極的に受け入れて未来に踏み出そうとしていること、そこから観客は少女の旅立ちを当然のものと感じることができるのです。

　ここで突然の質問（演習）です。

> **演習**　状況と人格を分析せよ！
>
> 　スタジオジブリつながりということで例としますが、宮崎駿監督の『もののけ姫』（1997）でもアシタカ少年が旅に出ます。その出発を当然のこととする、アシタカが置かれた状況と彼の人格はどのようなものでしたでしょうか。

　ヒロの場合はどうしましょう。アシタカのような「見事な少年」とはちがうような気がします。もっと普通で、いい加減な感じではないでしょうか。登場人物の人格をあらかじめキッチリと決めておく作り方もありますが、場面やエピソードを作りながら決めていくという作り方もあります。今回は後者のやり方にして、とりあえず、「**結構いい加減、でも決めるときは決める（でないと冒険が進まない）**」というくらいを決めておきましょう。

06 ● 冒険の目的と旅の行き先を決める

　どうやらヒロは魔王をブッ倒すために冒険へと旅立つようです。冒険旅行に出るためには、冒険の目的と旅の行き先を決めなければなりません。それは、最終的に主人公がなにをする物語なのか、冒険の意義を決めることでもあります。

　目的がはっきりすれば、目的達成のためにはなにを用意して、どう段取りしてやればよいのか、物語の筋立てがしやすくなります。
　目的はシンプルなほど取っつきやすく、説明不要で受け入れやすいようです。とは言え、作例 05-3 のように「魔王をブッ倒しにいく」というのはいささか乱暴すぎるような。魔王だからといって理由なくブッ倒してよいわけはありません。それが今日の人道主義、人権尊重というものです。まあ、退治してもよいような存在だから"魔王"と呼ばれているわけではありますが、同じブッ倒すにしてもそれなりに正当性がないと寝覚めが悪いというものです。作例はよい子も対象にしたいのでなおさらです。よい子たちにも納得してもらうには、魔王が絶対悪で、かつ世界を救うためには必ず、あるいは仕方なく倒さねばならないことを物語中で描く必要がありそうです。よくあるのは罪を憎んでひとは憎まず。魔王だから退治するのではなく、魔王が計画している悪事を防ぐために打ち倒すという論理です。

　主人公が直接に悪をブッ倒すのではなく、間接的な手段で倒し計画を頓挫させるという方法もあります。
　たとえば、『指輪物語』では、「世界を支配しようとしている悪の根源を倒す」ために、主人公は敵を倒す唯一の手段として、「指輪を火山に捨てて消滅させる」旅に出ます。旅の直接の目的は指輪を捨てにいくことなのです。このアイデアは秀逸で物語の核となっています。小さな指輪を捨てにいくのなら、

マッチョな超人でなくとも、穏やかな暮らしだけを愛する非力な人物にもできそうです。「力で悪の根源を退治できなくとも指輪なら運べる」人物が世界を救うのです。ただし、誰にでもできるわけではありません。ただの指輪ではありませんし、冒険は危険に満ちています。主人公は特別な英雄にはちがいないのです。

この作例での魔王退治の理由は、公的に通じる理由というよりも、王さまの個人的動機とからめて **07-2** で考えます。パロディーなので大手を振って命じられないような理由も考慮してみたいと思います。

次に旅の行き先。これは自由に物語に合わせて設定します。たとえば次のように。

> ## Sample 06-1
>
> 　図らずも魔王討伐に向かうこととなったヒロ。肩を落とし去ろうとして、大事なことを聞き忘れていることに気がついた。ヒロはオズオズと王さまに尋ねた。
> 「して、王さま。魔王はどこにおりましょうか」
> 「町の宿屋に泊まっておる」
> （近ッ！　しかも宿屋ってなに？　魔王を泊めてもいいのかよ？）

おっと、いくらなんでもこれではいけません。

冒険旅行で大切なのは**冒険としてのありがたみ**と**旅の実感**です。相応の時間と労力をかけ、なおかつさまざまな土地を訪れるということでなければ艱難辛苦の冒険旅行とは言えません。魔王を倒しにいくのなら、途中にある妨害や障害、事件によって、魔王には**なかなかたどり着けない**ようにします。

根本的な問題でたどり着けないようにもできます。たとえば次のように。

Sample 06-2　魔王はどこだ

　わけも分からず魔王を倒しに向かうことになったヒロは大事なことを聞き忘れていることに気がついた。ヒロはオズオズと王さまに尋ねた。
「して、王さま。魔王はどこにおりましょうか」
「魔王の国じゃ」
「して、魔王の国はどこにありましょうか」
「魔王がいるところじゃ」
　つまり、どこにいるか分からない魔王を探し出し、それでもってブッ倒してこいということらしい。…丸投げかよ。
　途方にくれるヒロであった。

なかなか魔王に行き着けない理由には次の①から④のようなことが考えられます。上の作例は①に当たり、一番自然でよくあるパターンでしょうか。

① 　目的を果たせる場所（魔王の居場所）が分からず場所を探し歩く。
② 　目的の対象（魔王）が場所を移動するので対象を探し歩く。
③ 　場所は分かっているが目的を果たす手段を得るために遠回りをする。
④ 　場所は分かっているが次々と障害が発生してなかなか行き着けない。

実際には、どれか単独ではなく複数を組み合わせて冒険を長引かせることが多いようです。旅の目的が意義を決め、目的地までの苦労の多さが意義の大きさを実感させます。

07 ● 理屈が通っているかチェック

いままでで考えて、ストーリーに採用した作例は3つです。作例番号でいうと **04-1 → 05-3 → 06-2** の順番です。

ここらで、これまでのストーリーが世間に通じるだけの理屈が通っているか、あるいは物語の受け手に了解してもらえるか、チェックしてみましょう。

当たり前のことですが、ストーリーや場面を作ったなら、物語の受け手から突っ込みが入りそうなところがないか点検します。問題があればもちろん修正しなければなりません。

たとえば、ここまでのストーリーで我ながら疑問に思うところがあります。

① ただの少年が王さまに呼ばれる王国ってどういう国？
② なぜ、王さまは魔王を討伐したがっているの？
③ よりによって普通の少年に魔王討伐を命じる理由はなに？
④ ヒロ少年の人格はこんなので大丈夫か？

取りあえずはこんなもので。

では、上に挙げた疑問を検討し、作例の中で解決していきましょう。

 ### 07-1 ● キャラクター同士の間柄で疑問を解消

作例の **05-3** では、ヒロのお母さんがこう言ってヒロを起こしています。

> 「いつまで寝ているの。王さまにお城に来るよう言われているんでしょ」

どうやらヒロは、王さまと親しい関係にあるようです。そうでなければ母親はこう発言するところです。

> 「いつまで寝ているの。お城からお呼び出しがあったんでしょ」

しかし、町の普通の少年が個人的に王さまと親しいとか、直接に王さまに呼び出されるといったことはまずありません。そこが引っ掛かるところです。呼び出されるとすれば常識的に考えて公的、社会的な理由によります。たとえば功績を表彰される、グループを代表して慰労される、政策普及のための宣伝、セレモニーやショーに参加・出演、といった公的な理由によるところ大です。しかも、王の命令であったとしても、呼び出される側にしてみれば、王さまからではなく、お城から呼び出しがあったと感じるものです。

さらに常識的に考えれば、ヒロの母親はこう続けることでしょう。

> 「お城からお呼び出しなんてどういうことだろうね。まさかお前、お叱りを受けるようなことをしていないだろうね」

それほど為政者と庶民の間には距離があります。それが常識です。常識などクソ食らえとは思いつつも、社会の常識を破らない、破れない、破ると罰が待っている、というのが現実世界です。社会の常識が実はどこかの誰かさんたちの思い込みでしかないとしてもです。

しかしファンタジーの中でもお伽話めいた内容の物語にするなら、**誰とでもたやすく人間関係を結ぶことができ、その間柄(あいだがら)をもってたやすく社会常識を覆す（超越する）**ことができます。

つまりこんなストーリーが作れます。

> 王子さまとスラムに暮らす娘が身分違いにも関わらず愛し合うようになり、周囲から祝福されて結婚し幸せになる。

また、こんなストーリーも。

> 人間と見れば襲っていた凶暴な怪物が、森に捨てられていた人間の子どもを拾った。大きくなってから食べてやろうと育て始めるが、やがて怪物はその子を立派に育て上げ、その子を助けてあれほど相容れなかった人間たちの危機を救う。

どちらの例も現実社会の常識ではあり得ない、もしくは「あるある」と納得させるにはハードルの高いストーリーです。ところがファンタジー世界なら、なんの不思議もありません。よくあるストーリーとさえ言えます。「愛し合う２人」「育ての親」という間柄が、横たわる障害をなくし、あり得ないことを可能にします。いわば"**間柄の魔力**"です。同じ間柄で同じことをしても、現実世界のリアルな物語では常識を逸脱していると感じさせ、ファンタジーでは常識を超越（克服）していると認めてもらえるのです。

では、ヒロの物語でも王さまとの間柄をはっきりと設定して、直接やりとりできるだけの親密さに納得してもらいましょう。それは、「親友の息子」と「親代わり」です。

Sample 07-1　王女さまの温かい励まし

> 肩を落としつつ大廊下を歩くヒロ。柱の影からアン王女が現れた。
> 「どうだったヒロ。お父さまのご用事はなんだったの？」
> 「魔王を退治してこいって」

アンは幼馴染みだ。ヒロは王さまの"親友の息子"として、幼いころから王宮に自由に出入りし、1歳年下のアンと姉弟同然に育った。
「……そう、よかったじゃない」
「そういう顔してないよね」
「……そ、そう？」
「どうしてボクが魔王を倒しにいかなくちゃならないのかな？」
「お父さまはなんだって？」
「なんにも、藪から棒に剣を突きつけて行って来いって」
「……あ〜、それは、ほら、あれじゃない。ヒロのお父さまが亡くなってからというもの、お父さまがヒロの親代わりじゃない。それでもって立派に育てようと厳しくしているのよ。うん、そう、きっとそうね」
「魔王相手ってのは厳し過ぎない？」
「……そ、そうでもないんじゃない…かな」
「ボクに魔王が倒せると思う？」
「……」
「倒せると思う？」
「……がんばってね、ヒロ」
　ヒロはますます肩を落として歩き始めた。

　ここでは、王さまとの人間関係を王さまとの会話場面で説明せずに、ちがう場面で説明することにしました。あまり**一場面を長くしては物語の展開が重くなる**からです。また、アン王女という**新たな人物を登場させて展開に変化**を与えました。そして、アンとヒロとの絡みの中で、王さま、ヒロ、アン王女、ヒロの父親、の4人の人間関係を一気に説明しています。

　いかがでしょうか、ヒロが王さまに呼ばれたのも、王さまとの"間柄"で了解できたのではないでしょうか。ただし、それはパロディー調の会話のせいでもあります。シリアスな調子であれば、王さまとヒロの父親との過去を

しっかりと描き出し2人の絆を説明しなければ、「親友の息子」「親代わり」にも説得力が出てきません。となると作者の描写する力が必要になります。

 ## 07-2● なぜそれをするのか行動の動機を決める

　誰を遣わすにしろ、そもそも王さまはなぜ魔王を討伐しようとしているのでしょうか。その動機をはっきりとさせる必要があります。

　登場人物になにかをさせるには、状況と人格を決めると説明しました（**05参照**）。しかし、登場人物はそこから直接に行動へと向かうわけではありません。状況と人格によって動機が生まれ、行動へと結びつくのです。

　パロディー調なのですから「魔王は悪いヤツだから」の共通理解を押し通してもよいとは思います。その理屈自体が皮肉なパロディーなのです。

　くり返しにはなりますが、悪いヤツと悪いことの関係をもう一度はっきりとさせておきましょう。魔王が悪いヤツだから悪いことをするのではなく、悪いことをするから魔王は悪いヤツなのです。また魔王が悪いヤツだから討伐するのではなく、悪いことをするから魔王を討伐するのです。この辺りの違いに無頓着だと思わぬところで見識を疑われかねません。なによりもムチャな動機や曖昧な動機では、物語の受け手がストーリーに入り込めません。パロディー調ではない作品を作る際のこともありますから、ここでも行動の動機についてはしっかりと考えることにしましょう。

　為政者である王さまの動機として考えられるのは次の3つです。

① 国と国民のためになるから。
② 自分がそうしたいから。
③ 国と国民のためになると思い込んでいるから。

　かりにも一国の主たる者が何らかのことを企図する場合、その動機は①で

す。そこには公（おおやけ）の立場しかありません。ところが、一国の王に就いている個人がなにかを企てるときには、必ずしも公の立場に立つとは限りません。②のようなこともあります。③は①と②の中間といえるものです。現実社会ではこれが一番多い事例かも知れません。それぞれに具体例を挙げてみましょう。

①「国と国民のためになるから」の場合。

> **Sample 07-2-1**
>
> 　魔王が世界を滅ぼそうと動きはじめた。国民の生命と財産を守るためには、自らの命と引き換えにしてでも阻止しなければならない。

その覚悟やよし、よい王さまです。

②「自分がそうしたいから」の場合。

> **Sample 07-2-2a**
>
> 　魔王が世界を滅ぼそうと動きはじめた。自分の代で国を潰し先祖の名を辱めるわけにはいかない。どんな犠牲を払ってでも阻止してみせる。

結果的に目指すのは①と同じく魔王の野望阻止でも、動機は個人的です。公と私（わたくし）の使い分けができていません。王とはそういうもので、ついつい混同してしまうのかも知れません。

もっと私的な欲望に走る王さまならこんなことも。

> **Sample 07-2-2b**
>
> 魔王が世界を滅ぼそうと再び動きはじめた。魔王を返り討ちにし、魔王の国を滅ぼして、逆に我が一大帝国を築いてくれよう。

これはこれで、偉大な王なのかも知れません。私的な動機で構わないのなら、もっとせこい動機もあります。

> **Sample 07-2-2c**
>
> 魔王が世界を滅ぼそうと再び動きはじめた。討伐隊を差し向けて戦わせ、その間に財宝を持ってとっとと逃げ出すことにしよう。

ずる賢ければこんな動機があるかも知れません。

> **Sample 07-2-2d**
>
> 魔王が世界を滅ぼそうと再び動きはじめた。うまくこの状況を利用して、かねてからの懸案事項を解決してやろう。

私的な動機の場合には、まだまだ、言ってしまえばなんだってありそうです。

③「国と国民のためになると思い込んでいるから」の場合。

物語世界でこの動機を持つ人物は、多くの場合で地位の高いひと、自分が特別だと思っているひと、あるいは社会秩序に依存せずにはいられないタイプのひとです。実際には②なのに、当人は①だと思いこんでいるところが困るところです。たとえば次のような動機で魔王に戦いを挑んだとすれば、同

じ戦うにしても、ほかに比べて相当迷惑なことになります。

> **Sample 07-2-3**
>
> 　魔王が世界を滅ぼそうと再び動きはじめた。建国以来営々と築いてきたこの美しい国を、全国民一丸となって守るのは当然だ。

> **演習**　**動機からアイデアをいくつも得る**
>
> 　魔王の野望を打ち砕くべく戦っている王さまと王国に、魔王が政治的交渉を仕掛けてきたとします。出してきた交渉内容は次のとおりです。
>
> 　王国の存続も王の地位も保証するから、国民半分を奴隷に差し出せ。
>
> 　上に挙げた動機①②③それぞれの場合で、王さまはどう対応するでしょうか、考えてみてください。
>
> 　①の王さまなら「国も地位もいらない。国民を犠牲にする交渉には応じられない」と拒否するでしょう。しかしことはそう単純ではありません。負け戦続きで追い詰められていれば「国民半分で国と地位が守れるのなら致し方なし」と考えるかも知れません。②の王さまなら、どれだけプライドが高いかも関係しそうです。国民半分を差し出すことなどプライドが高ければそうはできません。③のようなタイプは死んだほうがマシだと考えるのでしょう。意外と都合のよい理屈を考え出してその場しのぎをするかも知れませんが。
> 　ひとつの動機を考えたなら、次にこうなったらその動機の人物はどう対応する？　さらにこうなったらどうする、というように新たな状況を

想定して想像してみてください。人物の人格、行動、ストーリーに破綻がないか点検できるのみならず、新たなアイデアにつながりもします。

07-3 ● 動機と行動内容を一体にして決める

　王さまはなんらかの動機で魔王を討伐しようとし、その仕事を少年のヒロに命じました。ヒロはまだ15歳の少年です。しかもかなり頼りない様子です。よりによってなぜヒロに魔王討伐を命じたのでしょうか。その行動には動機とは別の理由があったはずです。

① 誰でもよかったから。
② ヒロでなければならなかったから。

　いくらパロディーでも①はやり過ぎです。また、王さまの動機が作例 07-2-2c の時間稼ぎにあったとしても、ヒロではとうてい囮役とはなり得ません。もちろん本気で魔王を倒したいのなら、①であるはずもなく、やはり②のヒロでなければならない理由があったはずです。

　たとえば次の理由で王さまはヒロに討伐を命じます。ヒロが作例 07-1 にあるように親友の息子であることを念頭にお読みください。場面はヒロが謁見の間を出て行ったあと、ひとり玉座に座る王さまの場面です。

Sample 07-3-1

　王さまは窓から空を見ていた。

>　（許せスパヒロ、ヒロの命を使わせてもらう）
>　王さまが心の中でヒロの亡き父スパヒロに許しを求めているのには理由があった。ヒロのからだにはスパヒロの手によって最終兵器とも呼べるある力が埋め込まれていた。魔王が再び活動を始め、世界のほとんどをほぼ手中にしているいま、その最終兵器に頼る以外に道はなくなっていた。王さまは、世界を守る王のひとりとして、辛い決断を下さなければならなかった。ヒロの命と魔王の命を引き換えにする決断だ。

　統治者とはこういうものです。これを偉いとするか、ろくでもないとするかは作者の考え方次第。王さまがベストを尽くしたあとに決断したことを祈るばかりです。とはいえ、どうやらヒロにしか魔王は倒せないようです。実際には別の手段で魔王を倒すことになるのかも知れませんが、いまはヒロ以外に頼る者はいないようです。ただしここで重要なのは、最終兵器たる力がどのような力かです。最終○○とか、究極の××といった具合に**大きく出てしまうといい加減な内容では勘弁してもらえなくなる**ことになります。大向こうをうならせるアイデアでなければ、尻切れトンボになってしまいます。「な〜んだ、最終兵器っていうからどれほどのものかと思ったのに」と思われるのは作者としてはいかにもツライ、キツイ。なのでここはあっさりと別の理由を探すことにします。

　前項の **07-2** では王さまの魔王討伐の動機を単独で考えましたが、ここではヒロでなければならない理由と王さまの動機を一体にして考えます。「魔王を討伐する動機」でもなく、「ヒロを討伐に行かせた理由」でもありません。「ヒロを魔王討伐に向かわせた理由と動機」です。**ストーリーはいくつもの要素を絡ませて考えるもの**ですから、ひとつの要素だけを考えるよりも、このほうが自然で、アイデアにも広がりが出てきます。

　忘れてならないのは、**同じ行動でも動機が異なれば、登場人物の感情、思考、反応、セリフが異なる**ことです。

たとえば、王さまが魔王を討伐しようという動機が異なれば次のように変わりもします。同じく、ヒロが謁見の間を出て行ったあとに、ひとり玉座に座る王さまの場面。

Sample 07-3-2

　王さまは、右手に剣を握ったまま心ここに有らずの態で玉座に座っていた。実はかつて王さまに敗北した恨みから、娘のアン王女を殺害すると魔王が予告してきているのだ。もしそれを避けたいのなら、王さまよりも恨みに思っている、かつて魔王の息子を殺した英雄スパヒロを必死の冒険旅行に向かわせるよう求めていた。スパヒロが既に死んでいることを伝えると、代わりに遺児であるヒロを出発させろと言ってきた。死ぬより辛い旅をさせ、最後は自ら恨みを晴らすつもりなのだ。息子殺しは息子殺しで償おうということか。
「許せ、ヒロ。わしは老いた」
　王さまは剣を落とし、顔を両手で覆った。

王さまの裏切りです。可愛い我が子を助けるためとはいえ、親代わりとなって育んできた親友の息子ヒロを死地へと向かわせます。**05-3**であれほど言葉少なに突慳貪（つっけんどん）に魔王討伐を命じたのは罪の意識からでしょうか、であるなら王さまのあの態度もうなずけます。この場面では娘を助けるために、親友の息子、というよりも他人の子を身代わりにして死地に追いやる罪に悶（もだ）え苦しんでいるのです。

しかしこの作例は深刻過ぎるようです。ふざけた調子の中に深刻なストーリーを盛り込むことは冒険物語でしばしばあります。でも、いま作っている作例には重すぎる内容です。なので、別の例を考えてみます。同じくひとり玉座に座る王さまの場面。

Sample 07-3-3　親友との約束

　王さまは口を真っ直ぐに結んで座っていた。王さまは望んでいた。ゆくゆくはアン王女と親友の息子ヒロを結婚させたいと。それはヒロの父親で亡き親友のスパヒロとの約束でもあった。ヒロはやさしくてよい子だ。だがしかし、頼りない。あまりに頼りない。数日前、隣国の王子とアン王女の縁談が持ち上がった。王子は申し分のない跡継ぎらしい。魔王が再び動き出しているいま、両国がひとつとなるのは望ましいことではある。王の立場としてはそうすべきだろう。しかし親友との約束がある。約束を守りたい。どうすべきか、そこで王さまはヒロが約束に値する少年かを試すことにした。魔王を倒して来いとは命じたが、倒さなくともよい。亡き親友スパヒロの息子にふさわしい活躍をしてくれればそれでよい。（それでよいなスパヒロよ）。王さまは心の中で語りかけた。

　なんだか、この作例がよさそうです。「裏切り」とは対極にある「義理立て」が動機です。なによりもヒロに抱いている好意がよいではありませんか。筋立てもいままでのストーリーと矛盾がありません。これでいきましょう。

 ## 07-4 ● 登場人物の人格とストーリーの整合性をとる

　ヒロがどれほど頼りなくても、最後には魔王と対決し、できればこれを倒してもらわなければなりません。
　そのためにはヒロに魔王を倒す決意と、実際に倒せるだけのなんらかの手段を持たせなければなりません。登場人物の人格とストーリーを整合させる必要が出てきました。

　いまのところ、ヒロに冒険へと旅立つ動機はありません。状況に流されて

いるだけです。この状態がどこまで続くかは分かりませんが、いずれ魔王と対決するときにはしっかりとした動機と決意を持っていてもらわなければなりません。そうでなければ、**05**で決めた「決めるときは決める」人格にはなりません。しっかりとした決意がなくては、魔王と命のやり取りをされても「決まらない」のです。

　さらに、魔王を倒せるだけの能力がヒロにあるとは、いまのところ思えません。こちらを持たせるのは決意を持たせるよりもたいへんそうです。作例**07-3-1**で思いついた、当人のヒロさえ知らない最終兵器のアイデアに頼りましょうか。しかし安易には使えないネタであることは既に説明したとおり。やはり避けるとしますか。思案のしどころです。対決するまでには、なんとか魔王を倒せるだけの「○○」をヒロに持たせたいと思います。

　以上の2点、確固とした動機と能力をヒロに持たせることを念頭に置きながらストーリー作り進めていきます。
　それとも前に戻って、全てが見事なまでに備わったようなスーパー少年に設定を変更しましょうか、名前もアシタカに変えて。いえ、ここでは最初に作りたいと思った作品のイメージにこだわります。うまくいかないからといって、自分が作りたいと思ったものを簡単に誰かが作ったものに置き替えることはできません。

　決めなければ作業を前に進められない事柄もありますが、**ストーリー作りでは何某かの懸案をいつも抱えながら進めていく**ことになります。

08 ● 旅（物語の本筋）の始まり

いよいよヒロが冒険の旅に出ます。ヒロの物語ではここからが本筋の始まりとなります。ストーリー構成における起承転結の承の部分を作り始めます。

08-1 ● 旅の期間と距離を決める

まずは旅のだいたいの期間と距離（空間）を決めておくことにします。ここでは旅ですが、どのストーリー構造（パターン）であれ、内容であれ、ストーリーでは描かれる期間と空間がおおよそ定まっています。ストーリー作りの最初に決めなくとも構いませんが、いずれ作業のどこかでは物語内の期間と空間を意識することにはなるはずです。場合によっては、イメージする期間と空間に応じてストーリーの場面数や場面ごとの分量を調整することもあります。ヒロの冒険旅行では、最初に旅の行程の見当を付けて、旅で起こる出来事を先に構成することにします。

たいていの旅の冒険ファンタジーでは多くの行程を徒歩で移動します。ヒロにも歩いてもらいましょう。人間が1日に歩ける距離はどのくらいでしょうか。人間の歩く速度は時速4km（速歩だと6km）だとよく言われます。しかし実際の旅では休憩時間もあります。普通は太陽が出ている明るい時間にしか移動しません。さらに冒険旅行では道なき道を行くこともあります。そこで1日8時間歩いて平均20km移動できるとしておきましょう。この数字はあくまでも作業上の見当です。作品の中で明示される数字ではありません。となると、10日で200km、100日で2,000kmとなります。アメリカ合衆国の東海岸と西海岸の都市、ニューヨーク＝ロサンゼルス間の直線距離がおよそ4,000km、歩いて移動するとすれば200日（約7カ月）です。実際には直線

での移動は不可能ですから、さらに距離と日数がかかります。疲れを癒すためにどこかに留まる日も考えて9カ月で北米大陸（合衆国部分）横断となります。

　この距離の間に実際にどのような地形があるかというと、緯度を無視して北米地図を眺めると、大きな山脈、小さな山脈、砂漠、高原、盆地、平原地帯、森林、湿地、五大湖、大河、火山帯、とおおよそバリエーションに富んでいます。期間といい、空間といい適当な気がしますが、大き過ぎる気もします。距離でいえばこの半分から3分の2、期間なら半年の冒険旅行としておきましょう。ちなみに月まで行くとすれば38万km、毎日歩き続けるとおよそ52年、ヒロは67歳で魔王と戦わなければなりません。

　なお、ここでは魔王を倒すという物語の規模に合わせ、移動距離も大陸横断ほどの大きな規模でイメージしています。旅の期間と距離は旅の目的に合わせた規模にします。遺跡発掘の探検なら100kmのジャングル地帯で十分でしょうし、宇宙空間であれば光年単位の距離となります。ただし移動の所要時間については、移動手段を高速にすればいくらでも短縮できます。物語作りでは高速の移動手段は便利で都合よく使えます。ただしその分だけ移動することの苦労感、リアル感が薄れます。

　さて、これでヒロのだいたいの旅の期間と距離が決まりました。定規（スケール）で表すと次のようになります。半年＝26週間として目盛りを打っています。

08-2 ● 旅部分の構成イメージを作る

　前項で作った時間と距離のスケールに旅の途中で起こる出来事の、起こるタイミングを書き込んでみるとしましょう。とはいっても出来事の具体的内容はまだ決まっていません。漠然とした物語内での役割を想定したものです。

　起こるタイミング（赤色の丸数字）と，その出来事が起こることで旅が悪化するか（下方向ほど−）、旅が良好になるか（上方向ほど＋）を赤い点で書き込みました。点を結んだ薄赤色の折れ線グラフが、いわば旅のハラハラ度の推移です。丸数字の説明はその出来事のストーリー構成上の意味（その場面の役割）です。

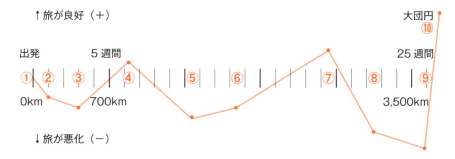

① 出発時に仲間がひとり加わる。
② いきなり旅の困難さを暗示する出来事。
③ 魔王の注目を引く出来事。仲間がひとり加わる。
④ 旅の疲れを癒す出来事。仲間がひとり加わる。
⑤ 魔王側が有利になる。
⑥ 魔王とは関係のない出来事で苦闘。
⑦ 一時的に希望が見える。
⑧ 状況が最悪になる。
⑨ 魔王と決戦。
⑩ 大団円（めでたしめでたし）。

　上の図は馬鹿正直に26週間全てにわたってほぼ均等に配置しています。しかし、ストーリーテリングでは省略という手段もあります。たとえば次のように途中（ここでは②から③までの間の期間）を割愛することもできます。

　ただし、上の図のように長い期間を省略する場合には、長い時間が経過したことが分かるようにしておきます。映像作品であれば、ヒゲが伸びているとか、服がヨレヨレか、ボロボロになっていたりします。足を引きずっているかもしれません。人間が長い距離を毎日のように歩くとどうなるか、実際に試してみる必要はまったくありませんが、取材のつもりで10km程度歩くことを1日か2日試してみるのはよいかも知れません。夜眠るときにどの程度疲れているか、翌日の朝起きたときにどこがどれほど痛いか、歩いてする旅の身体的・精神的な感覚を少しは垣間見ることができるかと思います。疲労度は年齢と体力、精神力によって変わることも付け加えておきましょう。

　出来事が起こるタイミングは、あらかじめ考えていたとしても、出来事の具体的な内容を考えていく過程で往々にして変わっていきます。それはそれでよしです。
　考え方としては、あるエピソードが起こったときまでに、どれだけ移動し時間が掛かっているのか、その結果主人公たちはどの程度元気かヨレヨレか、そうした旅の影響を点検・考慮するために時間と距離の定規を利用します。

09 ● 旅の準備をする

　旅の期間と距離をイメージできたなら、旅の準備をしましょう。準備とは、出発に際してヒロが持っていく品物だけでなく、あとから旅の中でヒロに与えるプラスの要素もイメージします。たとえば前の節で作った旅の期間と距離のスケールを見ながらイメージするとこうなります。

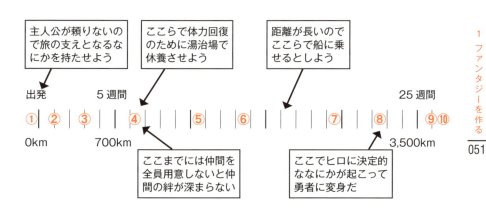

　旅の途中で具体的に与えるものは、エピソードを練りながら整えていけばよいのですが、構成上必要なものは抽象的にでもあらかじめわきまえておくようにします。旅人の出発時に持たせるものは、次の3種類です。

① **一般的に旅に必要なもの。**
　　当座の食糧と水、火起こしの道具、防寒具、鍋、水筒、手ぬぐい、ほか。
② **冒険に必要なもの。**
　　武器、防具、地図、コンパス、ロープ、手袋、ほか。
③ **ストーリーや、そのキャラクターに必要なもの。**

　基本的に、水は量が多いと重いので大量に携行することは無理です。川や

湧き水など現地調達が原則となります。ストーリー作りで最も大切なのは③のストーリーやキャラクターに必要なものです。

たとえばヒロの場合。

Sample 09 　父が遺したもの

　ヒロの母親はヒロの冒険旅行をたいそう喜んだ。子どもだとばかり思っていたのにいつの間にか立派に成長していたのだ（と母親は思った）。魔王退治とはずいぶんと剛毅だが、王さまが命じるくらいだからきっと立派になしとげるに違いない。亡くなった夫スパヒロも墓の中で鼻高々だ。どうやらまだ先だと思っていたアレをヒロに手渡すときがきたようだ。

　スパヒロは、自分がした冒険行を4冊の本に書き記していた。1冊はスパヒロがどこかへやってしまったらしいが、次の3冊が家に遺されていた。

「今日の料理 食材入手から調理まで」「医者にはできない超絶治療」「勇者になるための100の方法」

　言ってしまえば冒険旅行の手引き書、冒険マニュアルである。いずれにも冒険を成功に導くノウハウが書かれている。ヒロは重いから持っていくのはいやだと断ったが、母親がそれを許すはずもなかった。

　ヒロは嫌がっていますが、頼りないヒロを支え、冒険を成功へと導く指南書です。甘やかし過ぎですが、こうでもしないと成功がおぼつかないと思えるからです。作者にとっても、ヒロの不出来さに行き詰まったときには頼りになる重宝なアイテムとなるはずで、これが作者の最終兵器、ヒロにとっては冒険のよりどころとなります。

10 ● 旅で起こる出来事

　冒険旅行で大切なのは旅の中で起こる出来事、すなわちエピソードです。旅人が起こした出来事であれば、なにをどのように起こして、どのように決着づけたか。また旅人に降りかかる出来事であれば、どのような内容で、どう対処したか。それが冒険の中身となります。

10-1 ● 出来事を思いつくには

　出来事と簡単にいいますが、アイデアを思いつくのはそれなりにたいへんです。ここでは旅で起こりそうな出来事を思いつく（連想する）方法をひとつ挙げておきましょう。

　日常生活では体験できないことを味わえるのが旅だとよく言われます。観光旅行のように非日常の経験を目的とする旅もあります。しかし本来の旅とは目的地へ移動することであり、旅人が順調な旅の最中にすることは次の行為のくり返しです。

　歩いて（**移動**）　→　食べて・飲んで（**補給**）　→　眠る（**休息**）

　この単調さこそが旅の本質であり、旅の苦労です。そしてこの3種類の行為をしているときに、あるいは3種類の行為に関連して起こってくる出来事が、**旅の出来事**ということになります。
　出来事とはある事態の**発生**、またはある事態との**遭遇**です。たとえば次のように。

移動であれば、
　ただただ歩く。山中で熊に出会った。歩き過ぎて足が痛くなった。
補給であれば、
　毎日同じ携行食を食べる。食べ物がなくなる。食べ物を調達する。
休息であれば、
　野宿で堅い地面で眠る。寒くて眠れない。睡眠中に山賊に襲われる。

「発生」とは自分（旅人）たち自身が**起こす**出来事と考えればよいでしょう。また「遭遇」とは、自分が**巻き込まれる**出来事と考えればよいと思います。

以上の「移動・補給・休息」と、「発生・遭遇」を取っ掛かりにして**出来事の内容**を考え出します。
　ということで、ここで突然の演習です。

> **演習**　**5km 離れた場所に行く間になにが起こるか**
>
> 　あなたの家から 5km ほど離れた場所に行くとして、その移動中にしそうなことや、起きる事態を想像してください。
> 　5km という距離自体に意味はありません。そこそこの時間、そこそこの距離で、その間にさまざまな地形、施設がありそうな距離という意味です。
>
> 　自分なりの発想方法で構いませんが、起こり得ることをできるだけ多く挙げてみてください。

　5km 移動するのも、3,000km 移動するのも、そこで起こる出来事の内容の種類は共通しています。身近な出来事から種類を手掛かりにしてまったくの空想の出来事を導き出すことができます。

演習の解答例（5km 移動時）を 057 ページに、それを冒険旅行に置き換えた例（3,000km 旅行時）をその次のページに挙げておきます。両者で起こる出来事の順番は出来事の種類を共通させています。種類の内容を⬭の枠内に赤字で書いておきます。

10-2 ● 冒険ファンタジーでのエピソードの役割

　製作上、RPG 方式というか旅の物語方式のストーリー構造のよいところは、流れが分かりやすく取っつきやすいところです。具体的には訪れた場所ごとに本筋の内容とは独立したエピソードを配置していくことができる点です。立ち寄った土地で目的を達成するための手掛かりや仲間、アイテムを得たりはしますが、極端な場合にはショートストーリーを並べていき、最後に旅の目的を達成させればよいだけなので、エピソード単位でまとまってさえいれば、それなりに物語全体が完結します。そう考えれば、冒険ファンタジー作りの入口として、肩肘張らずに、習作のつもりで製作に取りかかるには打って付けのストーリー構造だと言えます。「とにかくやってみよう」に向いているのです。もちろん RPG 方式であろうと各エピソード全体の中での役割や意味が押さえられていれば、きちんと 1 作の優れた冒険ファンタジーとなります。

　冒険ファンタジー中のエピソードには、物語で果たす機能として次の目的を持たすことができます。

① 旅の仲間（同行者）を得るため。
　　村人を助けて山賊を撃退した。　→　村の若者がひとり仲間になった。

② 旅の行く手を妨げる困難や危険（障害や妨害）とするため。
　　村人を助けて山賊を撃退した。　→　仲間のひとりが大ケガを負った。

③　主人公などの登場人物を理解してもらうため。
　　村人を助けて山賊を撃退した。　→　主人公の意外な弱点が分かった。

④　背景を物語の受け手に知らせるため。
　　村人を助けて山賊を撃退した。　→　領主が山賊を操っているらしい。

⑤　作り手が関心を寄せる事柄を出したくて。
　　村人を助けて山賊を撃退した。　→　女性とたくさんお友達になった。

⑥　旅の目的達成を助ける情報や手段を入手するため。
　　村人を助けて山賊を撃退した。　→　戦利品で千里眼の水晶を入手。

⑦　その地の環境を活かした活劇をさせるため。
　　村人を助けて山賊を撃退した。　→　極地の村なので氷と雪で撃退。

⑧　上記①から⑦の要素をいくつか複合させて。

　これらのほかにもあるかも知れませんが、だいたいはこの中のどれかの役割を持ってエピソードが作られています。エピソードの目的を想定しながら考えると起こる出来事の発想の手掛かりとなります。

現実世界で5kmを移動する時に起こり得る出来事

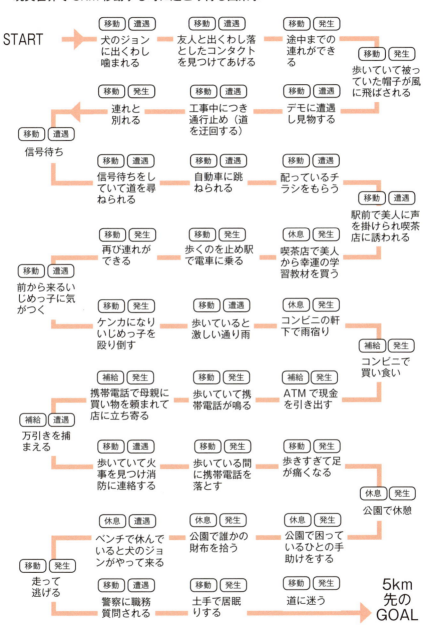

1 ファンタジーを作る

※前ページの出来事を冒険旅行に当てはめた例

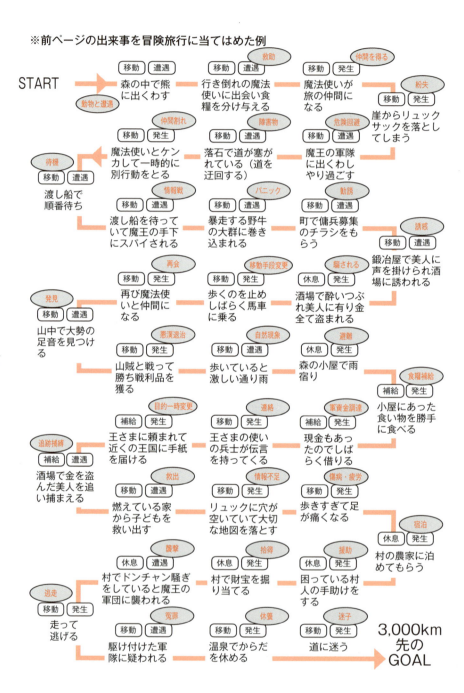

11 ● 旅の仲間を得る

　旅は道連れ…、と言いますが**冒険ファンタジーの旅には旅の仲間が欠かせません**。ヒロにも仲間を作ってあげることにしましょう。彼には最初から仲間をひとり同行させることにします。

Sample 11　心から信頼できる仲間

　旅支度をしたヒロが街道を歩いている。これから長く危険な冒険の旅が始まる。だというのに市門で見送ってくれたのはワクワク顔の母ひとりだけだった。出発してから10分、心は重く、荷物も重かった。とりわけ重たいのは3冊の本だ。おかげでほかの持っていきたい物を持って来られなかった。出発してから15分、荷物は重く、足取りも重かった。王さまはともかく、アンも見送りに来てくれなかった。いつもヒロが嫌がるのを、やれ探検だ、冒険だと連れ回していたくせに。まったく身勝手でワガママな馬鹿姫さまだ。出発してから25分、ヒロは道端に座り込んだ。次第に腹が立ってきた。誰にというわけではなく、いまの境遇を怒りたかったのだが、腹立ちはとりあえず、罵声となって馬鹿姫さまのアンへ向けられた。
「アン王女の…、バ」
「なによ」
　ヒロはビックリして飛び上がった。背後にアンが立っていた。弓を持ち狩猟服を着ていた。
「こんなところでなにしているの？」
「なにって、アナタ、ワタシがいないとなにもできないでしょ」
　なにもできないのではなく、なにもさせてもらえないのだ。それ

でいて事態がこじれてくると毎度あと始末を任され、とうてい手に負えずに困っていると、最後は王女さまに免じてヒロの不始末を勘弁してもらうという流れになるのが常だった。
「仕方ないから、付いていってあげる」
「ほ、ほんと？」
　アンと一緒にいると、ろくなことにならないのは分かっている。それでもいないよりはいい。一緒に冒険してくれるならゴブリンだろうとアンだろうと大歓迎だ。
「アン～、ありがとぉ～」
「それよりなによ、大声でワタシの名前を呼んでなんだっていうの」
「いや、あの、バ、バイバイって、お別れ言おうとしたの」
「ふ～ん、なんか怪しいわね…、まっ、いいわ。ロシナンテ号！」
　木陰から大量の荷物を背に積んだ馬が一頭現れた。アンの愛馬の大型輓系種で、ヒロとは戦友の仲と言える。アンから共に迷惑を被っている被害者同士なのだ。
「ロシナンテ～」
「ひひ～ん」
　ヒロはロシナンテ号に抱きついた。神さまは心から信頼できる仲間をヒロにくだされたのである。

11-1 ● 役割分担で仲間のキャラクター設定をする

　旅の仲間の設定は、主人公以上に重要な設定だと言えます。彼らは主人公の足りないところを補い、物語に厚みと豊かさを持ち込みます。

　旅の仲間に限りませんが、冒険的なストーリーで主人公と行動を共にする人物は、キャラクター設定を主人公と分担して持ち合う仲といってもよいでしょう。

　ひとりの人物には矛盾するような人格を持たせることはできません。おもしろい性格を思いついたからといって、なんでもかんでもひとりの人物に合わせ持たせると、その人物の人格は破綻し、ストーリーも支離滅裂になってしまいます。

　また、幾つものストーリー上の役割をひとりの登場人物に持たせることもできません。探偵役に助手役を兼ねさせたり、ボケとツッコミを兼ねさせたりすると、物語も物語の受け手も混乱し、掴みどころのない、平板で輪郭がぼやけた作品になってしまいます。

　主人公と仲間たちが分担すべき役割には次の5つがあります。いずれもキャラクター作りで一般的に考慮すべき点ですが、ここでは、おもしろいキャラクターを作ることよりも、ストーリーをスムーズに展開させるために、まずは登場人物たちに役割を振り分けることに視点を置いて作ります。

① 　パーティー内（仲間内）での機能分担
冒険に必要な能力・技能（特技）を分担させます。
回復役、魔法使い、力持ち、ハッカー、など。
② 　ストーリー上の役割分担
ストーリーを展開させる上で必要な役割を分担させます。
リーダー役、道化役、足手まとい、潤滑油、など。

③ **性格の特徴**分担

ひとりの人間に合わせ持たせることのできない人格を分担させます。
熱血とクール、温厚と激情家、など。

④ **外見上の特徴**分担

一見して分かる外見を各自に持たせ、バラエティーさを出します。
長身、スキンヘッド、メガネ、派手、など。

⑤ **主人公との関係性**分担

複数の仲間で主人公との関係を分担します。
親友、知り合い、ライバル、初対面、恋している、など。

ヒロの仲間となったアン王女とロシナンテ号を、上の①から⑤でキャラクター付けしてみましょう。すると次のようになりました。

Sample 11-1　作り手視点の人物紹介

アン
職業＝王女

①機能
医療担当（を予定）。
弓の名手（自称）。

②ストーリー上の役割
仕切り役。トラブルメーカー（危険を呼ぶ女）。
ストーリー展開の推進役。

③性格
ワガママ。傍若無人。自己中。かといってやさしい面がないわけではない。

④外見
黙っていると可愛いかも。

⑤主人公との関係
幼馴染み。ヒロの女王さま。自分では保護者のつもり。

ロシナンテ号
職業＝アン王女の愛馬

①機能
荷物持ち。

②ストーリー上の役割
場を満たす存在感が重宝。

③性格
温厚。

④外見
輓系種なので巨体で力持ち。モヒカン刈り？

⑤主人公との関係
ヒロの友人にして相談（愚痴の聞き）役。

キャラクター設定ではついつい人物の区別化のために③の人格と④の外見に頼りがちです。しかし、それがストーリーの上で必要となるのは寓話的なストーリーに限られます。

　たとえば、L.F.ボーム作の『オズの魔法使い』(1900)で主人公のドロシーが得た仲間は、頭には藁が詰まったカカシ、臆病者のライオン、からだの中が空洞で心のないブリキマン、でした。彼らの人格と特徴はキャラクターの個性にとどまらず、それぞれに知恵、勇気、愛をシンボリックに表現しており、物語のテーマでもありました。
　一方で、リアルな物語では極端な区別化は必ずしもされません。マンガやアニメでも同様ですが、表現上の技術としては、登場人物の外見や性格による書き分けは欠かせません。物語の対象年齢が若いほどそうです。

 ## 11-2●仲間のなり方・ならせ方を考える

　どんなキャラクターが仲間になるか（**11-1**）以上に、ストーリ作りではどのようにして仲間になるか、仲間のなり方・ならせ方が重要です。次のような点を検討し自然に旅の仲間に加わらせます。

① 　知り合う切っ掛け。
② 　仲間になる人物が抱えている問題や悩み。
③ 　仲間になる人物の背景。
④ 　仲間になり得るだけの交流の度合（時間・内容）。
⑤ 　仲間になる理由（動機）。
⑥ 　仲間にする理由。

　①②③は仲間になる人物のキャラクターを造形する上でも役立ちます。②については特になくても構いませんが、相手の個人的問題と直接・間接に関

わることで交流を深めさせることができます。

例としてアン王女の場合を挙げてみましょう。

Sample 11-2　仲間に必要な要素

①知り合った切っ掛け
父親同士が親友で家族ぐるみの付き合い。

②抱えている問題
表には出さない将来への漠然とした不安。

③人物背景
王女。父ひとり子ひとり。甘やかされて育った。

④交流の度合
ヒロとは幼馴染みで、いつも連れ出しては面倒事を起こしている。

⑤仲間になった動機
ヒロを放っておけないから（本人談）。

⑥ヒロが仲間にする理由
ひとりだと心細いから。

　アンの場合は、元々からの知り合いがそのまま旅の仲間になるパターンです。そうした場合でも、最初に出会ったときのエピソードや、印象に残るエピソードを考えておくと、キャラクター作りや主人公との関係作りでインスピレーションを得ることができるでしょう。

　作例 11-1 にしろ、上の 11-2 にしろ、あっさりとした設定ですが、実際の創作ではもっと詳細を作り込むことになるでしょう。作例程度でいいのかとは思わないでください。

12 ● 危険と困難でエピソード作り

"冒険"には、必然として危険や困難がつきまといます。危険も困難もないのなら、成功はまず確実なわけですから冒険の定義を満たせなくなります…というのは言葉の遊びにしろ、創作の中では、主人公の行く手を妨げるナニカがなければおもしろくなるはずもなく、危険と困難が欠かせない物語要素となっています。さらに、そこから相応のエピソードに発展させることができます。

危険と困難を大きく分けると、自然に由来するものと、ひとに由来するものがあります。

12-1 ● 自然がもたらす危険と困難

自然の地形や**自然現象**が冒険の行く手を遮ることがあります。たとえば険しい山や大嵐、**それがあったり、起こったりするだけで危険で困難になる**のです。夜になるというだけで既に旅の移動は困難になります。

> **Sample 12-1-1　星空の思い出**
>
> 　まもなく日が落ちる。夜ともなれば街道であっても灯りなしには足下が覚束ない。ヒロとアンは野営をすることにした。本当はもう少し先の村で宿を請うつもりだったが、アンがお茶をしたり、花を摘んだりと寄り道ばかりして一向に進むことができなかった。
> 「野営の場所は決めてあるわ」

> そういうとアンは街道を離れて小高い丘へと登っていった。丘の上には１本のリンゴの木があった。見晴らしがよく、夜空いっぱいの星を眺めることができた。何度か２人でキャンプをしたことがあった。
> 「旅立ちの思い出に今夜はここで眠るの。二度とここから星を眺められないかも知れないから…」
> そのつもりで寄り道をしていたのだ。
> （アンにだってかわいいところがあるんだよね）と、不覚にも思うヒロであった。

　自然の**地形**は移動に大きな影響を与えます。思い出の小さな丘もひとつだけなら結構なことですが、幾つも幾十も続くようでは、アップダウンの連続で体力が消耗してしまいます。
　ほかにも疲労と消耗を促す地形があります。ヒロとアンはそれらの地形にもこれから遭遇することになるでしょう。

　たとえば砂漠。

Sample 12-1-2　月の砂漠

> 小さいとはいえ、１週間かけて砂丘が連なる砂漠を横断しなければならない。アップダウンばかりか、足下の砂が崩れて歩きにくいし、時間がかかるわで先が思いやられる。ところどころ底なしの流砂があって落ちれば地中に埋まってしまう。水を節約して、日中は休み、夜に月明かりで進むとしよう。途中にあるはずのオアシスに行き着ければよし、行き着けなければ…、ヒロとアンは傍らに横たわる動物の骨を見た。

　その土地の**気候**も困難を生み出します。砂漠や寒冷地、樹木が繁茂する熱帯の密林、水分過多の沼地や湿地、人体だけでなく移動そのものが困難にな

ります。

> ### Sample 12-1-3　水と泥の沼地
>
> 　ヒロは沼地だけは通りたくなかった。くるぶしまで水に浸かるのは覚悟するとしても、どうしたってスネ、場合によってはヒザ、腰まで浸かることになる。泥と堆積物でぬかるむし、傍らでポコポコ泡を立てているのは燃える空気が湧き出しているのだ。底なし沼にはまることだけは避けたい。深い沼にぶつかればそれ以上先には進めず、迂回する進路を探してまたビチャビチャ、ズブズブと歩き回るしかない。ふと脇に目をやると太く長いニシキヘビがうねうねと泳いでいった。

　自然の中では**動物**にも遭遇します。かわいい小鳥や小動物はなごませてくれますが、鋭い牙と爪、力のある猛獣、毒のある動物、動く食人植物は危険です。大人しい草食動物だって群れの暴走に巻き込まれればひとたまりもありません。なによりもファンタジー世界にはたいていモンスターや悪霊がいます。

　地形の中には、道を通るだけで生か死かの大ばくちというものもあります。

> ### Sample 12-1-4　定番の山越え
>
> 　山の断崖へと続く道とも呼べない道、小さな落石は始終で、時にはひとより大きな岩が落ちてくる。頭上にばかり注意していると、足下が崩れて真っ逆さまに落ちかねない。ヒロはこれで嵐にでもなったら最悪だなと思った。すると、遠くで雷が鳴り、空の雲行きが怪しくなってきた。

　悪いことを想像するとそれが起こるというのはお定まりの展開でしょうか。

落石のような自然現象も旅にとっては危険と困難をもたらします。それらの多くは、気象が原因となってもたらされます。大雨が降れば洪水となり、鉄砲水となって襲ってくるかも知れません。大風が吹けば激しい波浪が生じ、寒波がくれば凍死寸前、熱波であれば熱中症、巨大な雹(ひょう)が降ってくれば岩陰にでも身を潜めているしかありません。

 ## 12-2● 人工物がもたらす危険と困難

　剣と魔法の世界では、たいていは技術文明が現代ほどには発達していません。そのため、ひとが作ったものが旅に危険と困難をもたらすことは珍しいと言えます。とは言えないわけではありません。
　たとえば、文明と呼ぶほどではないのかも知れませんが仕掛けられた罠。

> **Sample 12-2-1　定番の死んだ振り**
>
> 　森の中の獣道を進む一行。ヒロはどう猛な獣と鉢合わせしませんようにと願わずにはいられなかった。すると案の定、巨大な灰色グマと鉢合わせだ。慌てていま来た道へと逃げ出すと、どこをどう走ったのかちがう獣道に入り込んでしまったようだ。ヒロの足がなにかを引っ掛けた、途端にロープで縛った丸太が振り子のようにして襲いかかってきた。身を投げ出して避けると、上から尖った杭の固まりが落ちてきた。間一髪、転げて避けると大きな熊ばさみが目の前で跳ね上がった。動くと殺られる(罠に)。動かなくても殺られる(クマに)。一か八か死んだ振りをする(よい子は絶対に真似をしないでください)。

　罠は自然の中だけとは限りません。人工の建造物にも仕掛けがあります。

Sample12-2-2　フラグが立った

　いつの間にか、ヒロとアンは怪しげな列柱が並び立つ場所に入り込んでいた。いつの時代のものだろうか、あちこちに文字のような絵のような記号が刻まれている。2人は石畳の上を歩いていった。
「古代の遺跡ってさ、変な仕掛けがあったりするのよね」
（ああ、言っちゃった。そんなこと言うと…）とヒロが思った瞬間、足下の石畳が崩れ2人は暗がりの中へと落ちていった。

くり返しますが都合の悪いことを考えるとそれが起こるのは定番です。

罠以外の人工物というと、次の例もまた冒険ファンタジーではお馴染みでしょうか。

Sample 12-2-3　フラグが立ったⅡ

　2人は水の中から顔を出した。頭上の穴から日の光が差し込んでいた。
「大丈夫？　アン？」
「下が水で助かったわね。あなたこそ大丈夫なの？　あら？」

　アンが水面から上半身を出している石像に目を留めた。
「こういう石像って、たいてい動…モガモガ」
　ヒロが慌ててアンの口を抑えた。
　ググググ、ガガガガガ…
　…遅かった。

　魔法か、呪いか、古代技術か、霊魂か、動力源が定かではなくとも、さまざまな**物品**が動き出し、襲ってきます。

砦や城、柵や城壁、土塁、堀、といった**建築物**や**築造物**もやっかいです。

> **Sample 12-2-4　越えるべき壁**
>
> 　ヒロたち冒険者一行は、魔王の国へと入る国境とも言うべき長城にたどり着いた。高く頑丈で、どこまでも続いている石の壁だ。ここまでやって来た人間はそうはいない。
> 　（だから、もういいよね。ここらで帰ってもいいよね）
> 　ここに至ってもなお、ついつい思ってしまうヒロであった。

あると面倒な建造物があるかと思えば、ないと辛い建造物もあります。

> **Sample 12-2-5　屋根がない**
>
> 　満天の星空の下、星々を眺めながら２人並んで眠るのもいいな、とヒロは思った。そのことを口に出すとアンが言った。
> 「あら、眠るのはテントの中よ、夜露に濡れるのってからだに悪いでしょ。ロシナンテ号に積んできたから早く用意してね。あっ、でもひとり用だから、ヒロは星を眺めながら眠れるわよ」
> 　アンが寄り道をしなければ今夜は屋根の下で眠れたのに。アンにもかわいい面があると思った自分が恨めしい。それでもロシナンテ号からせっせと荷物を降ろすヒロである。

　冒険ファンタジーでの宿泊はもっぱら野外で行われます。洞窟があれば上出来、民家や宿屋など、まずは諦めるしかありません。眠ることだけでも冒険ファンタジーの旅はたいへんなのです。

　ないと困る建造物の例をもうひとつ。

Sample 12-2-6　橋がない

　大雨が降った翌朝、街道の橋までやってくると、案の定、増水した川で木造の橋が丸ごと流されていた。ここが通れないとなると、5リーグ下流の渡し場まで迂回するしかない。

　あるはずの橋がないのは、旅にとっては大きなトラブルです。
　しかし、橋というのは、丸太橋のようなものを除けば、そこそこの富と人口、そしてそれを組織化できる社会秩序がなければなかなか作ることができません。大都市やその近辺にはあるとしても、剣と魔法の世界ではまずお目にかかれないのも確かです。川を渡るには渡し場や浅瀬を利用するか、それさえないのなら、泳ぐか、自分で筏を作るぐらいしか手がないのです。

　橋が丸ごとないことよりも、一部が残っているほうがより大きなトラブルを招くことがあります。

Sample 12-2-7　このハシ渡るべからず

　大嵐が去った翌朝、橋までやってくると、案の定、石造りの橋のあちこちが壊れていた。中央の部分の石がごっそりと抜け落ちている。脇の枠組は残っていてなんとか通れそうだ。ヒロたち一行は恐る恐る細い橋の端を渡り始めた。すると一匹のハチが…。追い払おうとして振り回したアンの鞄がヒロに命中し、ヒロは崩れている中央部分から真っ逆さまに川へと落ちていった。

　12-1と合わせ、自然と人工物がもたらす旅の危険と困難を見てきましたが、一番の悩みの種となるのは人間かも知れません。自然や人工物と組み合わせれば、冒険の難易度はさらに上がります。

たとえば作例 **12-2-4** の眼前にそびえる長城。

> **Sample 12-2-8　やっぱり帰る**
>
> 　ヒロたち冒険者一行は、魔王の国へと入る国境ともいうべき長城にたどり着いた。高く頑丈で、どこまでも続いている石の壁だ。城壁の上ではたくさんの松明が動いている。警戒する魔王の配下たちだ。見つからずに長城を越えるのは至難の業だ。
> 　（やっぱり帰りたい）
> 　ヒロの気持ちは萎えるばかりだった。

主人公に悩ましいトラブルをもたらす人間は、危険と困難だけでなく、おもしろいエピソードも提供してくれることでしょう。

12-3 ● ひとがもたらす危険と困難

冒険の旅で、主人公の一行に最大の脅威をもたらすのが、敵対するひとたちです。一口に敵と言っても、敵対する理由は次のようにさまざまです。

① 旅の目的が達成されると困る者。
② 主人公、あるいは一行の誰かに恨みを抱く者。
③ 主人公、あるいは一行の誰かに対抗心を燃やす者（ライバル）。
④ 旅先での出来事でたまたま敵対するようになった者。
⑤ 金銭などの報酬を目的にしている者。
⑥ 上記の条件がいくつか重なっている者。

旅の目的が達成されると困る者（①）は、行動（または不行動）によって積極的に妨害してきます。たとえば暴力を用いての襲撃、待ち伏せ、拘引。

Sample 12-3-1　冒険馴れ

　道は狭い峡谷の間へと続いていた。このまま進めば近道にはちがいないが、魔王の手下たちが待ち伏せするには格好の場所だ。
（ここは迂回しよう）とヒロは決めた。
「なにしてるのよ、さっさと行くわよ」
　アンが躊躇することなく峡谷に入っていく。
（そうですよね、行っちゃいますよね）
　そしてゴブリンどもに待ち伏せされ、アンが連れ去られたのであった。
（分かってますから、で、助けに行くんですよね）
　冒険馴れというか、冒険ズレしてきたヒロであった。

策略を用いての罠もあります。

Sample 12-3-2　信ぜよ、さらば騙されん

　道の標識に矢印と一緒に文字が書かれている。
『こっちが安全』
「で、ヒロは書いてある通りにこっちへ行ったわけね」
「ブヒヒーン」ロシナンテ号が答えた。
「で、大勢に囲まれて捕らえられたってわけ？」
「………」ロシナンテ号は情けなさそうに下を向いた。
「で、わたしが助けにいかなくちゃならない…というわけね」
「ブヒヒーン」ロシナンテ号は喜んで何度も頭を振った。
「行くわよ、ええ行くわよ。でも今日は眠いから明日の朝ね」
　ロシナンテ号は天を仰ぎ、ヒロの無事を願うのみであった。

今回の冒険とは無関係に、昔の怨恨から敵対してくる者もいます（②）。

Sample 12-3-3　女たらし

　荒らされた荷物の回りには小さな馬の足跡があった。街道でロシナンテ号に蹴りを入れた、あの雌のポニーの仕業だとすぐに想像がついた。
「ロシナンテ、あのポニーとなにかあったのかい？」
　聞くと、ロシナンテ号がヒロの耳元で口をごにょごにょと動かした。

「なに？　子どもには話せない修羅場がちょっと？」

　仲間をネタにしたエピソードが入ると、物語に広がりと厚み、あるいはちょっとした膨らみが出てきます。

　ライバル心を燃やす人物（③）の行為が、時に深刻な事態を招くこともあります。

Sample 12-3-4　リーダーはワタシ

　アンが不愉快そうに口を開いた。
「あのね、村長さん。このチームのリーダーはワタシなの。間違えないでくれる。ヒロがなんて言って断ったか知らないけれど、ワタシがウンと言えばそれで決まりなの。いいわ、その頼みごと、引き受けましょう。トロルの1匹や2匹、えっ10匹なの？　…ぜんぜん、OKよ。この気っ風のよさがワタシとヒロの違いね。ヒロに命じてワタシがきっちりとやらせるから大船に乗ったつもりでいいわよ」

　訪れた土地で事件に巻き込まれ、誰かと敵対する羽目に陥ることもあります（④）。その場限りであろうと、後々尾を引こうと、本来の敵（魔王）とは無関係であっても旅の障害となることには変わりありません。

Sample 12-3-5　WANTED

　前から女のひとが走ってくる。キレイなひとだ。それを屈強な男が2人追ってくる。美女はヒロの背中に回り込んだ。
「助けてください。暴漢に追われています」
　ヒロが事態を飲み込めずにいると、アンがすかさず前に出て言った。
「お任せなさい、お嬢さん。こういうときに頼りになるのが…」
（無理、ボクには無理）と身をすくめるヒロ。
「…ロシナンテ号、前へ」
　ズズン、ズズン。地面を踏みならしながらロシナンテが、巨体を押し出してきた。男たちもその迫力に思わず立ち止まる。
「な、なんだお前ら、邪魔をする気か」
「かよわい女性に乱暴狼藉をはたらくとは悪い奴め。女の敵はそこのヒロに代わってこのワタシが許さない」
「バカヤロ、そいつは敵国の暗殺者だぞ」
「えっ」と思ってアンとヒロが女を見ると既に姿がない。影も形もない。
「さてはお前らも仲間か」
　剣の柄に手を掛けた男の前にロシナンテ号が身を乗り出した。
「くそ、覚えていろよ。生意気な小娘、それにヒロとやら、街道筋に手配書を回してあの女ともども必ず引っ捕らえ、縛り首にしてくれる」
　そう言うと男たちは逃げるようにして走り去った。アンが振り向いた。
「御免。名前出しちゃった」

縁もゆかりもないのに報酬ほしさに敵となる者もいます（⑤）。

Sample 12-3-6　冤罪

　酒場の壁にヒロの手配ポスターが貼ってあった。
「お尋ね者のヒロ、覚悟しやがれ。償金は俺がもらった」
「いいや俺がいただく」
「いいやワシだ」「あたいよ」「ボクさ」
　世の中は不景気だ。100人近くの償金稼ぎがポスターを囲んでいた。

12-4 ● 自らがもたらす危険と困難

　自らが原因となって生じる問題もあります。
　食糧と水の欠乏は、旅を続けるにあたっての最大の難事ともなりますが、それらを**消費**し尽くしたのが、旅をしている当人たちなら、自ら招いた事態と言えなくもありません。とくに次のような場合は。

Sample 12-4-1　ゲップ

「アン、あの食糧であと３日はもたせなくちゃならなかったんだよ」
「あら、そうだったの…ウップ」

消費だけではありません。**紛失**もピンチを招きます。

Sample 12-4-2　ブッツリ

　ロープにぶら下がっていたヒロは身をよじり、かろうじて投げつけられてきた手斧を避けた。そのとき刃がかすって鞄を下げている肩ベルト

が断ち切られてしまった。鞄は中身の食糧ごと崖下へと落ちていった。

不可抗力と言えばそれまで。でも次のように**不注意**からの場合もあります。

Sample 12-4-3　ウッカリ

「食糧の鞄はきみに預けただろ」
「知らないわよワタシ。あ〜、そうかあの小汚い鞄ね。確かに持っていたわね。どこにやったかしら。だめね。ヒロがワタシに預けるからよ」
「……つまり、今晩はご飯が食べられないんだね」
「仕方ない。我慢してやるか。いいわよ。夕食抜きで」

不注意ではなく、**無知**が不都合を招く場合もあります。

Sample 12-4-4　花より団子

　ロシナンテ号から荷物を降ろしながらヒロはアンに尋ねた。
「ねえ、アン。食糧はどこにあるの？」
「そんなものないわよ。あっ、それ姿見の鏡だから割らないようにしてね。食べ物なんてその辺の終日営業の万屋(よろずや)さんで買ってくればいいわよ」
「…なにそれ？　そんなお店どこにあるの？」
「それより衣装ケースの小さい方を持ってきて。寝間着が入ってるの」
　小さいとはどの大きな衣装ケースのことかとヒロは思ったが、そのことはあとにして、話をろくに聞いてくれないアンに話し続けた。
「旅に出るときには、姿見や衣装ケースよりも食糧と水だと思うけど」
「あら、そうなの。じゃ、あなた持ってきてるんでしょ。それでいいわ」
「ぼくのは、固い乾パンだよ」

「…そうね。悪くはないわね。でもせっかくの旅立ちの夜に乾パン？」
「そう言うと思ったよ」
　ヒロは自分の鞄のところまで行き1冊の本を取り出した。

　この本だ。

　アンのお嬢さま振りに困るだけでなく、状況を利用して先の場面（作例09）で登場させておいたスパヒロ本の1冊を再登場させています。

　ほかにも、厳しくいうなら<u>疲労や病気</u>による体力の消耗と衰弱も当人たちに起因するトラブルと言えます。

Sample 12-4-5　あなたの胸には飛び込めない

　雪の中を歩き続けたために、アンのからだはすっかりと冷え切っていた。寒さに震えながらもアンは言った。
「裸になって温め合おうなんて言わないでね。この小屋の暖炉とほっかほかのスープと羽布団に毛布だけで十分だから。それよりはぐれたヒロを探してきてほしいわね。放っておくこともできないでしょ」

　いったい誰と話しているのか気になるところですが、やがて登場してくる旅の仲間にでも言っているのでしょうか。
　この疲労や病気も、<u>当人たちの過失</u>が絡めば自ら招いた結果と言えます。

12-5 ● 危険と困難を乗り越えさせる教導者

　分不相応の旅をする未熟な若者には、彼らを教え導く教導者が必要です。ということで、冒険ファンタジーでは、教導者もしくは有能な保護者（プロテクター）が付き添う例が多々あります。多くは魔法使いがその地位を占めているようです。

　教導者となる人物には次ような人物がいます。幾つかを兼ね備えることもありますが、ひとつの才能だけでもひとを導くことができます。ただし⑤は必ず必要です。

① **知識のある者。**
　特定の分野、あるいはさまざまな事柄について造詣の深い人物。

② **知恵のある者。**
　ものごとを見通す力と、問題の解決手段を考え出すことのできる人物。

③ **経験のある者。**
　特別な経験をしてきた人物はもちろん、自分の人生を実直に生きてきた老人なども人生の手本となってひとを導きます。

④ **自分の哲学を持つ者。**
　自分自身のルールを持ち、揺るぎのない人物。

⑤ **善良な者。**
　ひとの世話を焼く程度にはひとがよくなければなりません。

　ひとを導くには、上手に導く技を持っていたほうがよいにはよいのですが、必ずしも教導者が教え上手とは限りません。結局は導かれる者の自覚にかかっています。導かれる側は、反発し、とまどい、悩みます。そして自らの力で道を見つけます。教導者はあくまでも手助けをするだけの存在です。それに比べて保護者は直接に手を下して関わろうとします。

　作例では、この教導者の役割をスパヒロが書いた冒険マニュアルに持たせ

ることにしました。ただのマニュアルではありません。父親の遺品であり、伝説の英雄が記したありがたいノウハウ書です。

当初、「重い」と言って邪険にしていたダメ息子の態度が、この場面から変わっていくようにします。

Sample 12-5-1　父よあなたは偉かった

「なあに、それ？」
「お父さんが書いた本。冒険旅行での食事のことが書いてある。初めて開いたんだけどね。ボク料理なんてしたことないし、役に立つかも」
「あらやだ、いいもの持ってるじゃない。ちょっと貸して」
　アンはヒロから本を取り上げるとペラペラとページをめくった。
「なになに、森には食べるものがあふれている？　いいじゃないのよ。なになに、これで今日からアナタもリッパなハンター、３つ星シェフの仲間入り？　…ヒロのお父さまって案外と俗っぽいのね」
　ヒロは照れて片手で顔をなでた。
「ここは照れるところじゃないでしょ。別に誉めているわけじゃないから。かといって悪口でもないわ。いいでしょ、今晩の食事はワタシが引き受けます。勇者スパヒロが書いたものなら間違いないもの」
　アンは本を抱えて立ち上がった。そして傍らの弓と矢筒を手にした。
「ちょっとばかし、待機。いいわね」
　アンはそう言うと小走りに森の中へと入っていった。

素人同然の冒険者たちにとっては、伝説の英雄の威光はまぶしく素直に頼りとすることでしょう。同時に、ストーリー展開を作者の意図する方向へと導くツールとなります。

Sample 12-5-2　すぐに埋めてあげる

　森から帰ったアンはたくさんの食材を手に抱えていた。本当はウサギを狩ろうとしたらしいが、彼女の弓の腕ではまず無理だろう。
「ネズミでもよかったんだけどね」
　もっと無理だろうしネズミは遠慮したい。
　アンは抱えてきた食材を次々と鍋に入れていった。さらにスパヒロの本を読みながらなにかの葉っぱやなにかの塊を入れていく。そして、森で拾ってきたのだろう。大きなスプーンに似た木の棒で掻き混ぜ始めた。
（この光景って、童話の挿絵にあった魔女の…）
と思いはしたものの、口には出さないヒロであった。しばらくして。
「うん、できた。われながら大したものね。さあ、まずはヒロから召し上がれ」
（毒味ですか？）と思いつつも、やはり口には出さないヒロであった。
　しばらくして、ケタケタとヒロの笑い声が響き始め。
「やだ、似たキノコがあるから絶対に間違えるなと書いてある。そっちを食べるとほぼ間違いなく…、死ぬって。え〜、ヒロ死んじゃうの？」
　ヒロは腹を抱えて転がりながらも自分の鞄に手を掛け、1冊の本を取り出した。スパヒロが書いた別の本だ。
　そのタイトルから絶対に使うまいと思っていた1冊である。しかし背に腹は代えられぬ。

> 医者にはできない超絶治療

「あら、なにそれ。ちょっと貸して」
　アンはヒロから本を取り上げるとペラペラとページをめくった。
「あった、この毒キノコに効く唯一の治療法があるって、えーと、深い穴を掘り、頭だけ出して患者を半日埋めろって。稀に、ごく稀に助かる場合があるそうよ。助からなくても掘った穴を墓穴にできるから労力の

> 無駄にはならないって。待っててね。ヒロ、ワタシがすぐに埋めてあげる」
> 　ヒロの運命やいかに。

　過失がもたらした病気の例ですが、スパヒロが遺した2冊目の本を登場させるためのエピソードとしました。治療書ですがタイトルは「医者にはできない超絶治療」です。はっきりと書くなら「医者なら危なくて絶対にしない治療法」です。
　ヒロの冒険物語は、どんどんと自虐ファンタジーの様相を呈してきています。そこでどうせならと、毒キノコで中毒を起こした上に、この治療書によって、さらに穴に埋められるとしてみました。

　まだまだ旅にある危険と困難の例はありますが、切りがないのでここいらでこの節はお終いです。

13 ● 人物を紹介しながらのエピソード作り

　物語に登場するエピソードは登場人物たちのひととなりを知る手掛かりでもあります。既にお気づきのこととは思いますが、小ネタのエピソードながら12節で紹介してきた作例には、登場人物たちの性格上の個性を盛り込んだものもあります。それらにほかの性格を当てはめてみましょう。
　たとえば作例の 12-2-4 も、ヒロが並(普通)の主人公であればこうなります。

Sample 13-1　越えるべき壁（並の主人公版）

　ヒロたち冒険者一行は、魔王の国へと入る国境ともいうべき長城にたどり着いた。高く頑丈で、どこまでも続いている石の壁だ。ここまでやって来た人間はそうはいない。
（待っていろ魔王、いま行くからな。必ずや討ち果たしてくれる）
　覚悟を新たにするヒロであった。

作例の **12-4-5** では、アンが並（普通）の良識あるお姫さまであればこうなります。

Sample 13-2　あなたの胸には飛び込めない（常識的な人物版）

　雪の中を歩き続けたために、アンのからだはすっかりと冷え切っていた。寒さに震えながらもアンは言った。
「ワタクシは大丈夫。それよりもはぐれたヒロのことが心配です。この小屋で少し暖をとったなら探しにいきましょう。放ってはおけません」

　登場人物の心の動きや行動を決めるときに大切なのは、その**登場人物の人格になって考える**ことです。作者の人格ではありません。作者が子どもを助けに燃えている家に飛び込まないとしても、無謀にも飛び込んでいこうとする人物は世の中にいます。そして、燃え上がる炎を見て恍惚とする放火犯も世の中にはいます。

13-1 ● 仲間うちでの役割とストーリー上の役割も伝える

冒険のパーティーやチームを編制する場合、メンバーの紹介＝人物描写に

は、性格や外見といった人格だけでなく、グループ内で果たす役割、そして作者が割り当てたストーリー進行上の役割までも含みます（**11-1**項参照）。そのグループの中で占める場所、つまり彼の存在意義と言ってよいでしょう。

次の作例は、人格と共に、パーティー内での機能を描写したものです。

Sample 13-1-1　評判の女医さん

　朝となって、野営地に小鳥ののどかなさえずりが聞こえてきた。残り火となった焚き火の傍らには、ヒロの生首が転がっていた。もとい、地面から首だけを出したヒロが、白目を向いて気を失っていた。

　ロシナンテ号が心配気にヒロに鼻息をかけた。髪の毛がふわっと浮き上がり、飛沫となって飛んできた鼻水がヒロにかかった。ヒロはそれで目を覚ました。そのとき、アンが薬草を手に森から出てきた。

「目を覚ましたのね！　やっりぃ〜、よかったぁ！」

　ヒロは喉がひどくヒリヒリしていることに気づいた。

「ワタシ、お医者の才能あるかもね。あのね、あなたのお父さまの本のここに書いてある薬草も食べさせてみたの」そう言って本を顔に押しつけてくる。ヒロは口の中がジャリジャリしていてそれどころじゃない。

「あなた気を失っていたから食べさせるのたいへんだったんだから。食べさせるというか、無理矢理押し込んだ感じだったけど」

　ヒロは声を出そうとしたが、かすれてうまく出せない。

「食べさせろとは書いてないけど、効くんじゃないかと思って。ワタシ絶対、医者の才能ある！　からだを埋めただけじゃ、助かったかどうかホント怪しいものよ。よし、ワタシこっちの本を担当する。あっちの料理本はあなたに譲ったげる。料理担当はこれからあなたね。ワタシは美人の女医さんに決定」

（ママゴトかよ！）と思いつつも、ズブの素人ながら料理番に指名されてホッとするヒロであった。二度とアンには料理をさせまい。味は二の

次だ。このあと、ヒロは食事で死にかけることはなかった。が、我ながら死ぬほどまずい料理とアンの罵声を味わい続けることになる。

スパヒロの本を用いて、パーディー内での役割分担を明確にしてみました。強引ですがアンのワガママさを利用して自然な流れに見せかけています。

13-2 ● 物語が進むにつれて変わっていく人格

多くの冒険ファンタジーでは、冒険の旅によって主人公らの人格に変化が訪れます。それはしばしば"成長"という言葉で言い表されます。根本にある人格がそうそう変わるとは思いません。変わるというよりは隠されていたものが引き出されたと言ったほうが適切でしょう。冒険の旅はそれほどに強烈な経験だったのです。悪いほうに変わることもありますが、一般的には寛容で、前向きで、道徳的な人間に変わります。

変化は一直線に起こるわけではありません。迷い、惑い、紆余曲折しながら変化していきます。ストーリーでは物語が進むにつれて変化していく人格が伝わるようにします。この変化の過程こそが物語の土台となってひとに訴えかけることになります。

作例の中でも頼りないヒロたちを成長させていこうと思いますが、一朝一夕でないことは承知の上。次のような感じでゆるゆると成長していきます。

Sample 13-2-1　たまには食事に行かない？

ヒロとアンは暗くなりかけた街道を急いでいた。日が落ちる前に宿場に着こうとしていたのである。久方振りに屋根のあるところで眠りたい、そう提案したのはアンだった。実際のところはヒロが作る毎晩の料理に

> 我慢できなくなっていたためだった。料理番を押しつけた手前、はっきりと言うには遠慮があった。浴びせかけた散々な罵声もアンにしてみれば遠慮していたらしい。ヒロはスパヒロが書き遺した料理本片手に熱心に料理を作った。ヒロとしては二度とアンに料理を作らせる気がなかったのである。このころになるとヒロが作る料理はうまくはない、といった程度で、少しずつ腕が上達しているようでもあったが、毎日食べるとなると飽きがきた。そこで街道筋の近くに村があるというのでなんとかまともな食事にありつこうとアンは考えたのである。

　エピソードに人物描写を盛り込む場合には、まずエピソードを構想してから、それに合わせて人物描写するのが楽なやり方だと思います。「こういう事件ではこの人物はどう反応するか」と考えます。反対に「この人物に合った事件はなにか」と考えても、なかなか思いつくものではありません。よほどその人物にキャラクターとしての存在感があるのなら別ですが。

13-3 ● その人物のヒーローらしさを伝える

　冒険ファンタジーの主人公はヒーローです。「バッタバッタと悪を切る」ばかりがヒーローではありませんが、その人物ならではの、ヒーローらしさ＝クールさ＝格好良さ＝**尊べる点**を物語の受け手たちにしっかりと伝えなければなりません。

　これまでの作例では、ヒロにちっともヒーローらしさがないままお話が進んでいます。そろそろ、少しは英雄の息子らしいところを見せてもよいころです。ヒーローらしさを伝えるのは**行動とセリフ**です。

　たとえば行動。

> ヒロは剣を抜くと、ゆっくりとアンを引き寄せて自分の背後に隠した。

男は語らず、ただ行動するのみ。セリフで示すならこうでしょうか。

> 「王女さまは渡せないな。ボクの王女さまは２人といないんでね」

キザ過ぎてスベッてしまいますが、登場人物に見栄を切らせるなら、行動のみよりも、やはりセリフのほうが効果は絶大です。

ただし、どちらにしろその登場人物らしさが出ていなければなりません。上の２つの例はとてもではありませんがヒロには不向きです。

それでも、ヒロだってヒーローには変わりないのですから、少しずつでもその片鱗を見せていこうと思います。

Sample 13-3-1　少しは見直したかな？

　　ヒロとアンが村に着いたときにはすっかりと辺りが暗くなっていた。１軒しかない宿屋には客が少なく、入口脇の席にマントの頭巾を被った２人連れ。そして離れた暗がりの席にローブを着た２人連れがいるだけだった。

　　窓際の席に着くとアンは店で最上の料理を注文した。ヒロは一番安い料理を注文した。宛のない旅では、節約するにこしたことはない。

　　宿の亭主がすぐに料理を運んできた。ヒロにはカブの入ったスープと黒パン、アンにはカブの入ったスープと黒パンであった。亭主を見上げたアンに亭主がぶっきらぼうに言った。

「うちで最上の、そして一番安い料理だ」

　　そう言われて、はいそうですかと納得するアンではない。

「あのですね、ご亭主どの、こっちはこれから魔王を倒しに行こうって

ところなの。もっとましな料理は出せないのかしら？」
「なにおう。…ほっ？　お前たちが魔王を倒しに？　大人をからかうもんじゃない」
「失礼ね。ワタシたちは勇者スパヒロの身内なのよッ」
　そのとき、部屋の中に緊張が走った、と凡庸なヒロでも感じたのは、スパヒロの名を聞いた途端に、入口脇の席にいた頭巾の男たちが頭を上げ、２人同時に立ち上がったのを見たからである。そしてなにやらマントの下に手を入れると、凶悪な形をした剣が姿を現した。途端に２人はアンとヒロに襲いかかってきた。ヒロはとっさにアンに飛びつき床へと倒れ込んだ。男たちが振り下ろした剣は、テーブルと、アンがいままで座っていた椅子の背もたれを断ち割った。
　（きゃあ、二の太刀は避けられない！）ヒロはそう思うとアンの上に覆い被さった。
　だが攻撃は来なかった。

　拙いながらも機敏に動き、アンを庇って二の太刀を自分のからだで受けようとしています（下線部分）。英雄や達人の素養はありませんが、ひとのために命を投げ出せることがヒロにはできます。

> **演習**　あなたの作ったキャラクターを作例に当てはめてみてください。
>
> 　あなたが作ったキャラクターを、この本の第 **12** 節で挙げているさまざまな作例に当てはめ、作例の状況を利用しながらキャラクターの人格や役割が伝わるようエピソードを作り直してください。
> 　そのキャラクターであれば、作例の状況でどう動くかを考えてください。

14 ● 背景を知らせるエピソード作り

　どのような物語であれ、作者が創作した世界と人物でことが進むのですから、その物語の背景を"知らせる"必要があります。背景とは、大袈裟に言うなら、その物語の舞台となっている世界がいまどうなっているか、どんな状態、状況にあるかということです。たとえば次のように。

Sample 14-1　暗雲

　人々と悪の勢力との戦いは数世代にも渡って一進一退の攻防を続けてきた。いまは人々の側が優勢といったところだ。10年前にスパヒロなる英雄が悪の勢力を率いる魔王に手ひどい打撃を与えてからというもの、人々は久方振りの平和を楽しんでいる。だがしかし、立ち直った魔王が再び活動を始め、人々の平穏な暮らしに早くも暗雲が立ちこめていた。

　壮大な冒険ファンタジーでは、物語の背景も大掛かりなものになりがちで、背景とは世界全体のことと見なしがちです。しかし、より身近なところでは、主人公の暮らし振りや周囲との人間関係がどのような状態、状況にあるか、もまた物語の背景です。次のような事柄も背景の一部です。

Sample 14-2　惰眠を貪る少年

　そうとは知らず、ある小さな国に今日も惰眠を貪る少年がいた。かつて魔王に手ひどい打撃を与えた英雄の遺児、名前をヒロという。

物語の受け手に知らせる内容は背景の全てではありません。ストーリーメイキングの上では、ストーリーが展開するのに必要な最低限のことさえ知らせればそれで十分です。演出や描写（ストーリーテリング）の段階では、さらに増えることになりますが、これもまた必要最低限で十分です。

　背景を物語の受け手に伝えることを、この節では"説明する"ではなく、"知らせる"としているのは、**伝え方が構えることなくごく自然であってほしい**からです。理解させることばかりを重視し、くどくど、四角四面に説明しては、受け手たちの物語への集中が損なわれかねません。

世界背景の知らせ方には、直接、間接の2つの方法があります。

 ## 14-1 ● 天の声が直接に背景を知らせる

　天の声や、作者、語り役によって物語の受け手たちに直接語りかけるのがナレーション（語り）です。前ページの作例 **14-1** と **14-2** がその例となります。ナレーションによって世界を伝え、主人公の体験を伝えてストーリーを進行させます。ナレーションは物語の冒頭にある例が多いようですが、物語の途中にも登場します。

　ちなみに、作者が作った世界を権威づけしてくれるのが、その世界の伝統（歴史）と思想（道徳や信仰、人々の支持）です。作例 **14-1** でも、数世代に渡る戦いの歴史、そして平和を楽しむ人々を出すことで、世界背景をもっともらしくしています。

 ## 14-2 ● セリフを使って間接に背景を知らせる

　間接的に背景を知らせる方法のひとつは、登場人物が別の人物に語りかけるセリフによって、物語の受け手たちに知らせる方法です。よく見掛ける例には、物知りな登場人物が語って聞かせる形があります。

Sample 14-2-1　魔法使いは語る

　老魔法使いは語り始めた。
「小僧、よく聞け。ひとには運命というものがある。10年昔にひとりの男が魔王を倒すと決めた。そしてその通りに男はしてのけた。世の連中はそれがそ奴の持って生まれた運命だったと言う。いいやちがう。スパヒロが固く決意したとき、そこで初めてあやつの運命が生まれたのだ」

　老いた賢者のたいていは、教訓をたれたり、説教したり、警告したりします。ここではあからさまな説明調子を避けて、教訓をたれる中で背景説明をさせています。ついでに口調を選んで偏屈な人格を表してもいます。もっとストレートに背景を語るだけならこうなります。

Sample 14-2-2　魔法使いは説明する

　老魔法使いは語り始めた。
「10年昔にひとりの男が魔王を倒した。いや、倒したと人々は思いこんだ。だが完全には倒せていなかったようじゃ。再び魔法が動きだしたのがその証拠じゃろ」

　これはこれでよいのですが、あからさまに説明的なセリフが長々と、あるいはあちこちで続くとであれば、白けさせかねません。

　次の作例は複数の人物がセリフの掛け合い（会話）で行う場合です。

Sample 14-2-3　爺さまたちは語る

　村長の爺さまがヒロに語り始めた。
「あれは何年前じゃったかな」
　森番の爺さまが、口を挟んできた。
「10年前じゃわい」
「そうそう、10年前じゃった。大胆にも魔王を倒しにいくという男が村にやって来た。あとで伝え聞いたところによると見事成し遂げたという」
「いんや倒せはせなんだ、手ひどい傷を負わせただけらしい」
「どっちでもいいわ！　魔王と戦って勝ったことに変わりはあるまい。止めを刺せなかったとしても、勝ったということが大切なんじゃ。わしら人間は魔王に勝つことだってできるのじゃ」

伝える内容を、村長と森番に分担させているわけです。

14-3●出来事にして背景を知らせる

　出来事を起こし、それを描写しつつ背景も盛り込む方法があります。会話にはそれほど頼りません。

Sample 14-3-1　VS.トロル

　疲れ果てていたヒロにはもはやトロルに止めを刺すだけの力が残っていなかった。スバヒロも同じく力を使い切り魔王を葬り去ることまではできなかったと聞いている。父さんももう一がんばりしていてくれれば

自分が旅に出ることもなかったのにと思ってきたが、それが精一杯だったのだといまは納得できた。
(トロル相手でこれでは、魔王ではひとたまりもないな…。強くなろう…)
　ヒロの意識は薄れ、ついには前のめりに倒れ込んでしまった。

　ファンタジー世界では魔法的な力を利用することもできます。たとえばマジックアイテムを使って現在・過去を問わず背景を覗き見ることができます。

Sample 14-3-2　水晶は語る

「この"運命の水晶"には、かつてあった運命が記録されています。いまではただの過去の出来事ということにはなりますが」
　若い魔女はそういって水晶を差し出した。ヒロは覗き込んだ。
　水晶には傷を負い疲れ果てているひとりの男が映っていた。それでも男は最後の力を振り絞って剣を振り下ろした。黒い大きな手が空を掴んだ。そして相手は倒れた。男は剣を構え直し止めを刺そうと近づいていった。その時、大きく大地が揺れ、相手は崩れた地面ともども奈落の底へと落ちていった。
　一緒に水晶を覗いていたアンがヒロの手の上にそっと手を重ねた。
「お父さま、ほんとにがんばったのね」

14-4 ● 複数の狙いをからませてエピソードを作る

　背景を伝えることばかりに熱心では作るエピソードも説明臭くなりがちです。エピソードに背景を滑り込ませるつもりで、ストーリー上のほかの狙いや要素を加えてエピソードを作るのがよいでしょう。

ヒロの冒険物語では、まずは背景を語るのに相応しい人物を登場させます。

Sample 14-4-1　魔法使い登場

　二の太刀が襲ってくる替わりにものすごい光と音が宿屋を満たした。と同時に2人の凶漢が吹き飛ばされ、出入り口の壁にしこたまからだを打ち付けた。見ると鷲鼻の老人が杖を男たちに向けて構えていた。小汚いローブを着た2人連れの片割れだ。魔法らしき技を使ったのだから魔法使いに違いない。
　凶漢のひとりが立ち上がり剣を構えた。頭巾がずり落ち顔があらわになった。人間ではない。恐ろしいオーク鬼だ。老魔法使いに迫ってこようとする。ところが、にわかに立ち上がったもう一匹のオークが、出入り口の扉を蹴破って外へと飛び出していった。すると仲間の逃走に臆したのだろうか。剣を構えていたオークも外へと飛び出していった。

ファンタジーで物知り、わけ知りと言えば魔法使いほどの適任者はいません。

Sample 14-4-2　初めての経験

　誰も動かなかった。全員がその場に立ったまま耳を澄ませていた。外からは物音が聞こえてこない。宿の中も静まりかえっている。すると、大きな声を上げて息をついた魔法使いがその場の椅子にへたり込んだ。
「お師匠、大丈夫ですか」
　長髪の男が走り寄った。"師匠"と呼んだところをみると、魔法使いの弟子なのだろう。長い前髪を垂らしているので隠れて顔は見えない。
「大事ない。どうやら逃げ去ったようじゃな。魔王の密偵め、ずっとわしらを付けておったが、まさかオーク鬼だったとはな。それより娘っ子、スパヒロの身内だと言ったな」

「○△?!…いえ、身内というのはこちら、スパヒロさんの息子さんです」
　半身を起こしていたアンは、かばうようにして座り込んでいるヒロの背中を押した。アンが悪意のある誰かに襲われ命を狙われたのは初めてだった。怯えて後込みしている。ヒロも同様だったが、不思議と落ち着いていた。魔法使いが立ち上がり目をむいてヒロを覗き込んできた。
「えっとボクの名前は…」
「名前などよい。ようく知っておる。小僧が？　そうかお主が息子なのか。して、スパヒロは健在か？」
「いえ、8年前に亡くなりました」
「なんと！　死んだ?!　スパヒロが死んだ?!」
　そう言って、よろよろと魔法使いは椅子にへたり込んだ。
　老魔法使いの名はマーロンという。かつてスパヒロと冒険を共にした仲間のひとりだった。スパヒロを導き、彼の偉業達成に少なからぬ貢献をした人物といってよかった。マーロンはスパヒロのことを語り、共にした冒険のことを語った。長い戦いの歴史も語ってくれた。それはとてもとても長い話だった…。

　長い話なので、ここでは世界背景を語るということだけで、内容そのものは省略です。
　ところで、オーク鬼たちを逃がしたのには理由があります。それは魔王討伐に出向くヒロという存在を魔王に知らせるためです。
　冒険ファンタジーでは、**旅の目的に絡む敵との攻防が大きな要素**となります。ところが、これまでのところ、ヒロ側は魔王を敵と認識していても、魔王側はヒロが存在することすら知りません。そこで魔王の配下であるオーク鬼を登場させ、彼らから、自分を倒しに来る人物がいること、しかもそれが因縁浅からぬスパヒロの息子だということが伝わるようにしたかったのです。オーク鬼が宿屋にいたのは偶然ではありません。次の事情がありました。

Sample 14-4-3　御注進

　マーロンが隠遁していた土地からはるばるここまでやって来たのは、活動を再開した魔王に再び戦いを挑むようスパヒロに説くためだった。オーク鬼はそのことを知った魔王がよこした密偵、あるいは暗殺者だった。今日起こった出来事はすぐにも魔王に報告されるだろう。

　これからは、ヒロも魔王に注目され、なにかと旅の妨害をされることでしょう。08-2で構想した構成図にある「③魔王の注目を引く出来事。仲間がひとり加わる」場面として作ったのがこの場面です。
　仲間として加わるのは魔法使い。師匠ではなく弟子のほうです。

Sample 14-4-4　魔法使いの弟子

　マーロンはなおも話を続けた。自身もスパヒロに同行したいところだが、年老いて病にも冒されている。そこで弟子のマキマスを代わりに連れていかせようと考えていた。しかしスパヒロはこの世にはもういない。とはいえ、魔王をこのままにもしておけない。
「娘っ子、先ほど魔王を倒しにいくと言ったな」
「ええッ！　そんなこと言いいました?}
　アンはまだ気が動転してびびっている。
「言った。確かに言った。ならば話は早い。小僧、スパヒロの息子よ。親父に代わって魔王を倒してまいれ。そしてわしの代わりとしてこのマキマスを連れていけ」
「ボク、お父さんのようにはうまくやれません。ボクってなぜかいつもひどい目に遭わされるんです。きっとそういう運命に生まれたんです」
　ヒロは傍らのアンを見た。

ここで作例 14-2-1 の魔法使いの説論のくだりが入りますが、ここでは場面が長くなるので省略したほうがよいようにも思えます。
入れずにこのまま話を続けるとしましょう。

Sample 14-4-5　魔法使いが果たすべき役割

　ヒロはすっかりとマーロンのペースに乗せられていた。半信半疑ではあったが、自分にも魔王討伐ができるような気が、少し、ほんの少ししてきたのである。マーロンは連れてきた弟子を紹介し始めた。
「このマキマスは、とてつもない魔力を持った魔法使いじゃ。おそらく史上五本の指に入る天才と言えよう」
　ヒロの顔が明るくなった。
「がしかし、それゆえ魔力の取り扱いに難渋しておる。ここだけの話、魔力が暴走するのじゃ。周囲にいる者はたまったものではない」
　ヒロはガクリと首を垂れた。
「ま、それについてはせいぜい気をつけるしかあるまい。しかし、古来、冒険の旅には勇者を導く魔法使いが必ずいると言ってよい。このマキマス、教え導くことについては…」
　ヒロは目を見張った。
「やはり、心許ない」
　ヒロはしおしおとうなだれた。
「しかし、コヤツにはこの本を持たせよう。お主の父御が書いた本じゃ」

「よく書けておる。マキマスがこの本と共に必ずやお主を導いてくれよう」

(導くって、それってただの道案内?)
　心の中でツッコミを入れられるだけヒロはまだまだ元気だった。
　こうしてヒロは新たな仲間、魔法使いの弟子マキマスを得たのである。
　翌朝、宿屋の玄関で一行を見送るマーロンが新たな事実を告げた。
「あの本はな、お主の名前を付けた礼としてスパヒロが贈って寄こしたものじゃ。そうよ、お主の名はわしが付けたのよ。これも不思議な縁よの」
　こうしてヒロは名付け親との思わぬ出会いを果たしたのであった。
「ではの、ゴンスケ、旅の無事と冒険の成功を祈っておるぞ」
　アンとヒロは顔を見合わせた。アンが肘でヒロの脇腹を突いた。
「…が、がんばります」
　そう言って、２人はそそくさと歩き始めた。アンが囁いた。
「ヒロ、名前、お父さまに感謝しなくちゃね」
「うん」

　ヒロの仲間がひとり増えました。頼りになりそうな、それでいてならなさそうな魔法使い…の弟子です。担当するのはヒロたち一行の導き役です。ヒロの迷いを断ったり、取るべき策を示すことができるかは分かりません。ただ道案内をするだけなのかも知れませんが、スパヒロの本「魔王の国の歩き方」があればその点については期待が持てます。

15 ● ボツにする勇気

"ボツ"というのは"採用しない"という意味ですが、つまりは"ヒーヒー言いながらひねり出したアイデアを、散々に思案してもどうにもこうにも、ストーリーにうまくはまってくれないので泣く泣く自ら捨てる"ということです。物語作家にとっては、物語作りの中で一番ツラく、哀しく、惑いもする作業と言えるかも知れません。

だとしても、物語作者は、時によって勇者並みの勇気をもって自らボツにすることが必要です。

たとえば、作例14-4-5のお尻部分にある「名付け親」の部分はボツにしたほうがよいようです。自画自賛気味ですが、スパヒロとマーロンの親交の中にあった人間関係のビミョーさ、そしてそれを知った次世代のヒロとアンのとまどい、その辺りのことが表されておもしろいアイデアだと自惚れてはいるのですが、エピソードがボテボテとしてスッキリと終わらなくなるのでボツにしたいと思います。メインストーリーとは無関係な小ネタですから、さほど辛くもなく割り切ることができます。それでいて、機会があれば、一場面として別のどこかに入れてやろうとも思っていますし、この物語では無理だとしても、別の物語でならアイデアの全部または一部をいつか入れられるかも知れません。そのまま日の目を見ることなくアイデア帳の中に埋もれる可能性のほうが高くはありますが、それは仕方もないことです。アイデアとはそういうものですから。

ボツにするのは、内容や構成上の理由だけでなく、実務上の理由からも起こります。

15-1 ● 分量が多いのでボツ

　分量とは小説であれば文字量（原稿枚数）、マンガであればページ数、映像であれば上映時間のことです。これらの分量は、物語の受け手がどれだけ集中力を持続させられるかとか、予算の制限があってとか、外部の要因によって制限を加えられる場合があります。それがたとえ最初に構想したものであっても、適切な分量を超えそうなら、創作途中でどこかを丸々ボツにするか、修正を加えて分量を抑えます。

　いま作っている作例でも同じです。只今ページ数超過の状態にあります。そこで大胆に、当初の構想にあった4人目の仲間をボツにします。このキャラクターはスパヒロが遺した4冊の本のうち「勇者になるための100の方法」を担当する予定で、次のようなパーティーとなるはずでした。

　4人目の彼がどんなキャラクターかは、確として決まっていたわけではありませんが、アイデアとしては次のようなことを考えていました。

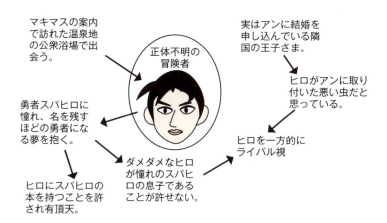

　4人パーティーであることだけは構想段階で決めていましたが、上のようなキャラ設定は、作例のストーリーができ上がっていく中で作られていったものです。でも、ページ数の都合でボツにすることにしました。キャラが増えればその分だけ分量も増えます。そこで問題となるのが4冊目のスパヒロの本です。「勇者になるための100の方法」とは、魔王を倒しにいく冒険物語の中では必須のテーマ（ノウハウ）のように思えます。キャラをボツにすれば、本が物語で活かされる機会がなくなり、となると本の存在までもがボツとなるのか。それともヒロに2冊持たせるとしましょうか。主人公なのですから、旅に必要な食の確保も、冒険に必要な勇者のノウハウもどちらも大切ですから、ヒロに合わせ持たせてもよいとは思います。

　しかし、それではノウハウを4冊に分けた意味が薄れますし、4人分の存在感を3人で出すことも難しいように思えます。もう少し考えてみましょう。

 ### 15-2 ● 捨てる神あれば拾う神あり

　ピカッとひらめきました。ロシナンテ号がいたではありませんか。こうしてしまえばよいのではないでしょうか。

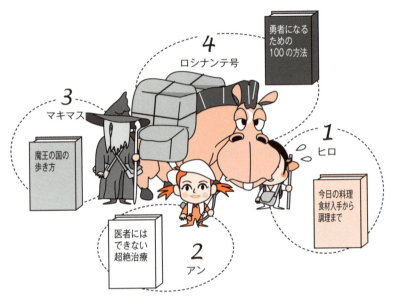

　ロシナンテ号が勇者になるノウハウ面を担当します。といってもロシナンテ号が勇者となっていくのではなく、主人公のヒロに勇者の心得をアドバイスするようにします。こんな感じで。

Sample 15-2　勇者の心得

　ロシナンテ号は毎晩のようにヒロに本を開かせ、器用に蹄でページをめくっては熱心に熟読していた。そして旅の間中、ヒロが気落ちする度に適切なページを示して読むよううながすのだった。
「なになに、勇者はくじけない。クジは引いてもくじけない。クジが当たりであろうと外れであろうと、大切なのはクジを引く勇気。結果がどちらに転ぶかは時の運。運ごときでくじけていては勇者にはなれない…ありがとうロシナンテ号、励ましてくれるんだね」

　却ってこちらのほうがおもしろくなりそうな気がします。ボツにすることは、新たなアイデアを生み出す機会を作ることにもなるのです。

16 ● 仲間の連帯と分断

　第11節の冒頭で、冒険ファンタジーの旅には旅の仲間が欠かせない、と書きました。理由は明快です。困難な目的にひとりで立ち向かうことは、それこそ困難だからです。ひとりではできないことも複数で挑めばできるようになります…とまでは言えないにしても、可能性はずっと広がります。そもそもひとりで達成できるような冒険は大した冒険ではないのです。

　しかし人数さえいればよいというわけでもありません。**冒険旅行の成否を握るのはやはり仲間との絆**です。それは冒険ファンタジーが持つ最大のテーマだと言ってよいでしょう。言葉を替えれば、友情、愛情、連帯、です。

16-1 ● 連帯していく過程を描く

　仲間との連帯は必ずしも当初からあるわけではありません。個人の成長同様に、冒険の旅が進むうちに絆も深く、強く、太く成長していきます。その過程が物語を盛り上げ、物語の受け手の興味を惹くことにもなります。

> **Sample 16-1　どうなることやら**
>
> 　マキマスが一行に加わったものの、思慮深く合理的な考え方をするマキマスと、衝動的で感情的なアンはケンカばかりしている。果たして2人は魔王との対決までに心をひとつにすることができるのだろうか、どのような切っ掛けでそうなるのだろうか。ヒロならずとも、行く末が気に掛かる。

16-2 ● 紆余曲折するのが人間の結び付き

　人間同士の結び付き（人間関係）の変化は、ある関係からある関係へと一直線に変化するのではなく、紆余曲折しながら変化していきます。花びらを使った恋占いみたいなものです。

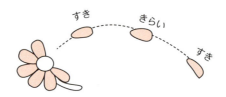

　実際にはさまざまな感情や評価がもっと複雑に交差し、その人物に対する好悪の印象が方向づけられていき、その結果が連帯するかどうか、はたまた関係の分断に行き着くかの分かれ目になります。

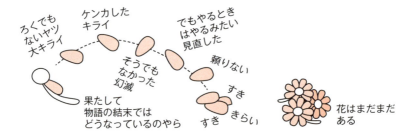

 ## 16-3 ● 仲間の心が離れる

　立ち向かうべき難敵に対し、冒険者一行が不利となる理由はさまざまです。が、中でもとりわけ不利となり、ハラハラさせられるのは、仲間たちの心が分断され、仲間が分裂したときではないでしょうか。それゆえ物語を盛り上げるストーリー展開のひとつとしてストーリーにしばしば利用されます。
　たとえば意見の対立が次第に仲間の心を離反させていくパターン。

Sample 16-3-1　ワタシはこっち

「ちょっとマキマス、今度は大丈夫なんでしょうね。もう迷うのは御免よ」
「もちろんですとも」
「一応言っておきますけど、ワタシはこっちだと思います」
「では、ヒロに決めてもらいましょう」
　ヒロはしばらく考え、持っていた杖を地面に真っ直ぐ立てると、そのまま手を放した。棒は2人が主張するのとは別の方角に倒れた。
　場は沈黙した。
「……。いいわ、マキマスの言う方向で。ヒロの棒占いよりはましでしょ。でも今回だけよ。次はワタシが進む方向を決めます」

　意見の対立は、感情的な対立となることもしばしばです。数週間、数カ月と、ほとんど一日中仲間と一緒にいる冒険旅行では、人間関係が日々変化すると言ってもよいでしょう。長く一緒にいれば妥協や我慢ばかりしていられなくなりますし、地も出てきます。ちょっとした行為が気に障ってきたりもします。旅を続けるうちに仲間の印象が変わりうとましく思うこともあるでしょう。

Sample 16-3-2　いい加減にして

　アンがいきなり怒りだした。
「もういや、うんざり。ヒロ、あなたこのごろ口うるさいったらありゃしない。このところ活躍してるからって調子に乗ってない？　魔法使いはワタシに逆らってばかりだし、だいたいそのボサボサの長髪なんとかならないのかしら。ああもう、こんなんじゃ魔王なんて倒せっこない！」

　心の連帯が崩れるのは、ひとの心の、負の部分に負うところが大きいようです。名誉欲、物欲、嫉妬、対抗心、支配欲、愛欲、疑心、など。そしてそ

れを加速させるのが旅の困難な状況です。疲れた、空腹だ、寒い、痛い、恐い。これらによって最悪では裏切りにまで発展することだってあるのです。

 ## 16-4 ● パーティーから外れる

心が離れると、ついには別行動をとることにもなります。

> **Sample 16-4-1　グッドラック**
>
> 　朝起きると、アンの姿がなく置き手紙が残されていた。
> （ワタシ一緒にいないほうがいいみたい。だからロシナンテ号と一足先に行くことにします。どうぞ２人で仲よくやってください）

離ればなれになるのは心が離れたからとは限りません。心はひとつなのに、なんらかの理由で一緒に行動できなくなることだってあります。

> **Sample 16-4-2　サヨナラ**
>
> 　旅はいよいよ山脈の峠越えに入る。険しく危険な道のりだ。崖にへばりつくようにして細い道を通ることになる。ロシナンテとの別れの時だ。
> 「きみのからだじゃ、とても登れないんだ。崖から落ちちゃうからね」
> 　ヒロは荷物を捨て、ロシナンテ号を解き放った。その場を離れようとしないロシナンテを置いて、崖伝いの道を上っていく。

最悪なのは仲間に死なれてしまうことです。生きてさえいれば再会することもできるでしょう。ひょっとすれば、再度合流して絶体絶命の危機から助け出してくれるかも知れません。たとえ分断と分裂があったとしても、冒険ファンタジーでは、和解と再会によって再び連帯するのが王道だと言えます。

17 ● 登場する場所に個性を持たせる

　冒険ファンタジーには個性的な場所や空間がしばしば登場してきます。ファンタジーらしさを出すなら、キャラクターや出来事だけでなく、場所や空間にも知恵を絞ったほうがよいでしょう。幻想的で神秘的な装いを物語に与え、なおかつ冒険に付きものの活劇場面をスリリングにすることができます。

　場所や空間を個性的にする要素には次のものがあります。

① **地形や構造。**
　　空飛ぶ天空都市、氷の城、深海都市、洞窟ダンジョン、など。
② **気候や現象。**
　　極寒の地、石が転がり上る坂、心霊現象が起こる家、など。
③ **歴史や謂われ、過去。**
　　100年前に滅んだ都市、建国の父の出身地、凶悪事件があった家、など。
④ **珍しい住人や社会。**
　　エルフの村、真実を言うと罰を受ける町、隠遁者が住む小屋、など。

　アイデアを捻り出すやり方を2つ紹介しておきましょう。
　ひとつは**具体的な情景からイメージを膨らませていく**やり方。
　たとえば、"家が5軒だけの集落"。それはどんな様子なのでしょうか。"寂れてわびしい"限界集落なのか、それとも"のんびりと穏やかな"ただの片田舎？　"余所者を寄せ付けない雰囲気"があるのなら逃亡者たちの隠れ里か。"なにかを守り続ける"守人たちの集落でしょうか。
　もうひとつはまったく逆に、**大まかなイメージから具体的な情景にしていく**やり方です。
　たとえば"守人たちの集落"。守るのは"竜神の秘宝"、秘宝というくらい

だから"秘密の場所"に隠されている。竜神だから水のあるところで"滝か泉"。密かに守るということで"住人は旅人に突慳貪(つっけんどん)"、逆に偽装で"全員親切で旅人を歓迎"、秘宝を狙ってくる者たちと戦いつづけて、いまや"5軒の家"しか残っていない…といった具合です。

17-1 ● その場所ならではの活劇

　活劇（アクション）場面で場所の個性を利用すれば、活劇にも個性を持たせることができます。このことはファンタジーに限らず活劇場面のある物語全てに言えることです。
　たとえば、とりたてて個性のない場所での素手の戦いはこんな感じです。

> **Sample 17-1-1　自然のリング**
>
> 　そこは広い空き地で草が1本もなく、固く平らな地面が広がっていた。思う存分殴り合いをするには最適な場所だった。2人の男は勝敗がつくまで殴り、蹴り、しがみつき、締め上げ、投げを打ち合った。

　演出で使えるのは男たちが繰り出す格闘技の数々です。これはこれでよいのですが、場所に個性を持たせればこうなったりします。

> **Sample 17-1-2　不自由なリング**
>
> 　そこは砂漠だった。砂に足が取られバランスが取れない。拳には力がこもらず、組み合えば踏ん張りが利かずにすぐに転がった。息はすぐに上がり、2人の男は膝を突いて力のないパンチを打ち合った。

　空間は水平方向ばかりか垂直方向にも広がっています。地形や大道具で立

体的にすれば、さらに派手な演出をすることができます。

> **Sample 17-1-3　サーカスのリング**
>
> 　そこは砂漠にある古代遺跡だった。半ば崩れかけた石柱や石の壁があちこちにあって、相手は身軽に飛び移っては頭上から自在に襲いかかってきた。こちらは砂に足を取られて容易に動けない。危うくかわして石柱に背中をぶつけると、かろうじてバランスを取っていた石柱が倒れ、大石が落ちてきて危うく潰されるところだった。倒れる石柱は次の石柱を倒しドミノ倒しのようにして次々と石柱が倒れていく。落ちてきた大石は倒れ込んでなんとかかわしたが、敵に飛びかかられ組み伏せられた。そこへ次々と倒れてきた石柱のひとつが倒れかかってきた。

　地形や構造物だけでなく、その場所に棲む動物や、その地ならではの天候なども利用できます。

17-2 ● ストーリーでは個性を持たせないことも大切

　登場する場所と土地**全てに個性をつける必要はない**、ことを心得ておいてください。個性を持たせると、物語の受け手たちは、どういうところかもっと詳しく知りたくなったり、なにがそこで起こるかと期待するかも知れません。ところが説明やエピソードがないままでは、それがフラストレーションとなるかも知れません。さほど重要でもなく、素通りするような場所や土地なら個性をつけないほうが、次の場面にスムーズにつなげることができます。

　作例に登場するアンの父王の居城がよい例でしょう。作例では取り立てて特徴的な描写はなく、皆さんが想像するイメージに依存しています。というのも、旅立ちの切っ掛け場面以外にこの城を登場させる気はないので、印象が残らないようにしています。この場面にしか登場しないのに城に個性を持

たせるとどうなるか。たとえばこんな個性を持たせたとします。

> **Sample 17-2　不便なお城**
>
> 　城は湖の東端にあった。そこには数十もの小島と巨岩が集まっており、城の建物はそれらの上に分散して建てられていた。巨岩の上に建つ建物からは別の巨岩にある建物へ、あるいは別の低い島の建物へとロープが幾本も張り渡されていた。ロープには籠がぶら下げられていて、それをゴンドラにして通行手段としていた。道を作れない急峻な崖なので、ゴンドラ以外に手立てがなかったのである。低い島の建物同士はもっと簡単に小舟で行き来することができた。しかし外部の者が単独で動けばたいていは入り組んだ水路で迷子になってしまう。すぐ側にある島同士であれば木造の橋が架けられていたが、いずれにしてもあちらこちらの小島をたどらなければ目的の建物には着けないようになっていた。どう考えても不便なのだが、王国発祥の城であり、昔からのことなので変わらずいまに至っていた。

　実用性に乏しいお城ですが、活劇の場面に使えば使い手のありそうな空間だとは思いませんか。でも、王さまがヒロに魔王討伐を命じるためだけのお城なら、これほど複雑で特異な空間にする必要はありません。この城で予定していない活劇場面をいまかいまかと期待されるのも申しわけないことです。

　1 カ所に多くの個性を持たせ過ぎない、ことも大切です。特徴となる点がゴテゴテ数多くあると、個性としては埋没してしまい、却ってとらえどころのない没個性の場所になってしまいます。情報過多が有益な情報の埋没を招くのと同じです。個性は印象づけられて始めて個性となります。

18 ● いざクライマックスへ

　いまやヒロたち冒険者一行は魔王の国に入らんとするところまできました。数々のエピソードに綴られた旅ももうすぐお終いです。実際には物語に含まれるべきの個々のエピソードはほぼ省略していますが。
　いま現在、一行はこういう状況になっているとしてください。

> **Sample 18　スーパーな３人**
>
> 　単独行動に出たアンを危機から救い出したヒロとマキマス、３人の絆は分断を経てさらに強まった。
> 「そんなわけないでしょ。３人のほうが危なくないから我慢してるのよ」
> 　アンの憎まれ口はともかくとして、３人はさまざまな危難を乗り越えたことで絆は強まっていた。それだけではない。アンはスーパーヒーラーとして、マキマスはスーパーガイドとして、ヒロはスーパーコックとして、それぞれの技量を頂点にまで高めていた。惜しむらくはスーパーアドバイザーであったロシナンテ号の姿を欠いていたことだけが残念であった。ロシナンテは険しい山道を前にして野に放たれていた。そしてついに冒険者たちは魔王の国に足を踏み入れたのだった。

　ここでいよいよストーリーは**起承転結の転と結**に入っていきます。当初は頼りなかった冒険者たちも、起承転結の承の部分を経てまでは"スーパー"が安売りされるまでに成長しています。そしていよいよ結末に向かって大きく物語が転回していきます。

18-1 ● メンバーの特徴を活かして最終解決

　ヒロたち3人は、これから魔王をやっつけなければなりません。3人いるのですから、誰かひとりだけで倒してしまうというのでは芸がありませんし、物足りなさが残ります。最後の最後でほかの2人はいらないじゃないか…と思われるようでは物語作りに失敗があったと言えるでしょう。少なくとも登場させたキャラクターを存分に活かしているとは言えません。

　冒険ファンタジーに限らず、複数の人物がグループを組んで課題に取り組むストーリーでは、メンバーの持ち味となる特徴が、課題遂行の最終場面に活かされるのが望ましいと言えます。
　持ち味とは個々が持つ人格と技能の特徴のことです。途中のエピソードを盛り上げることだけに持ち味が使われるのでは不十分です。これまでのストーリーの中で変化し、成長し、獲得した人格と能力を使って課題解決に役立てます。
　ではヒロたち3人の冒険者にはどのような特徴があるというのでしょうか。"スーパーなんたら"と言ってはいますが極めて曖昧。"スーパー"と付けばそれだけで魔王が倒れてくれるはずもありません。アイデアをひねり出してみましょう。

　たとえばアン。発想の手掛かりは"スーパーヒーラー"（治療師）と彼女がマスターしたであろう手引き書の題名「医者にはできない超絶治療」です。
　手引き書の題名からすると、素人ならではのかなり乱暴で荒っぽい治療が行われることが想像できます。それでいて治療はスーパーに効くのでしょう（稀に失敗があるとしても）。治療には外科手術もありますが、整体術や魔法使いのお株を奪う薬草を用いた治療もありそうです。ということで、アンはこんな風に"スーパー"となりました。

Sample 18-1-1　アンはスーパーヒーラー

　アンは"博愛の天使"を自認し、敵のモンスターであろうと怪我や病気の者たちを治療してきた。しかし荒っぽい治療は拷問のようでもあり、思い込みの強さと思い切りのよさで失敗も少なくなく、いつの間にか"地獄の天使"の異名で魔王の手下たちに怖れられるようになっていた。彼女を見ただけで逃げ出すゴブリンもいる。一方で治療に恩を感じる雑魚モンスターもいて、アンのためなら味方を裏切るほどの信奉者もいる。

　骨接ぎに用いる整体術は巧みに骨をはずす技ともなり、拳は急所を突く凶器となった。薬草を粉末状にした強力な睡眠導入剤で敵を眠らせることができた。

　具体的な活躍振りはここからさらに想像を膨らませていきますが、この内容であればアンがスーパーヒーラーとされることにも納得がいくのではないでしょうか。数カ月でこれほどの達人になれるかッ…とのツッコミについては、そこはパロディー、スパヒロが遺した手引き書が優れていたということでスルーします。さすがは稀代の英雄スパヒロです。

　次にマキマスです。スーパーガイドとしてその場の地理に詳しいことは、間接的ではありますが旅の目的達成に役立ちます。

Sample 18-1-2　マキマスはスーパーガイド

　道に迷わせようとした魔王の罠は、その場の環境を知るマキマスによって見破られた。忘れられていた古道で行く手に待ち構える軍勢も迂回しやり過ごした。マキマスはスパヒロが遺した手引き書「魔王の国の歩き方」を受け売りするのではなく、データとして取り込み、組み合わ

せ、解釈し、推測によって困難解決に用いていた。

　さらにマキマスの場合は、暴走気味とはいえ元々が才能溢れる魔法使いです。ここまでに魔力を上手にコントロールできるようになっていれば、それだけでもたいへんな戦力になることは間違いありません。しかしストーリー的にはこれまでの成り行き上、スパヒロの手引き書を活かす必要があります。すなわち、魔法使いの能力よりもガイドとしての活躍をメインにします。

　ヒロは、スパヒロの手引き書を基にパーティー内での食事係を担当してきました。調理の腕はもちろん上がりました。しかしそれだけではありません。なにせ生きるか死ぬかの世界で生き抜くための料理本ですから、食材の危険性や性質を知り、さらには弱点や対処法、狩猟採取するための技術も書かれています。となれば実はかなり使いでのある技術を身に着けていることになります。

Sample 18-1-3　ヒロはスーパーコック

　ヒロは毎日の食材調達によって猟師の熟練技をマスターしていた。スパヒロの手引き書のおかげではあったがヒロに才能がなければそうはならなかっただろう。

　本に書かれていた技は、動物ばかりでなく魔王の配下相手にも使うことができた。獲物の追跡術は敵の追尾に使われ、たくさんの罠を仕掛けそこに誘い込めば大勢の敵を撃退することができた。五感は冴え、待ち伏せや危険を察知することもできた。大きな誤解では

顔つきも変わってきたヒロ

あったが、得意な料理はゴブリンとオークの姿焼きとの噂が魔王軍内でまことしやかに囁かれ、"地獄の料理人"と呼ばれてアン以上に怖れられるに至った。

具体的なエピソードは省略しますが、なんとなく3人を活躍させる道筋が見えてきたような感じがします。

18-2 ● クライマックスの良し悪しは悪役次第

悪役と対決する物語では、悪役の親玉、いわゆる**ボスキャラの魅力が作品の出来を左右**します。魅力には、圧倒的な強さ、腰を抜かすほどの恐ろしさ、徹底した容赦のなさ、影のある容貌、クールな容姿、意外なお茶目さ、などいろいろとあります。どの魅力を押し出すかは作者次第、**物語の内容とトーンを考慮しつつ仕立て上げます**。ボスキャラを作るときには**主役のときと同じくらい、あるいはそれ以上に知恵と気を使う**のがよいでしょう。

と言いながらここではイラスト1点だけで作例のボスキャラを表しておきましょう。これでもヒロを設定するのと同じくらいの知恵と気は使ったつもりです。ヒロたちが倒すべき魔王とは、こんな感じです。

Sample 18-2　魔王

ここで、演習です。

> **演習**　作例に合った魔王のキャラクター設定をしてください。
>
> 　魔王のイラストを基に、魔王の性格や能力、経歴などを作ってください。ただし、これまでの作例の内容とトーンに合ったキャラクターにしてください。
> 　解説はありません。魔王のキャラ設定は皆さんにお任せです。

18-3 ● 二転三転のクライマックス

　物語の娯楽性を増したいときには状況を二転三転させることを考えてください。
　主人公が追い込まれ、その窮地を脱したかと思うと、新たな危機が襲いかかります。そこを踏ん張り状況が好転したかと思うと、息つく間もなく一層危うい危機に陥ります。そしてそして…という感じです。
　実際に作例でやってみましょう。

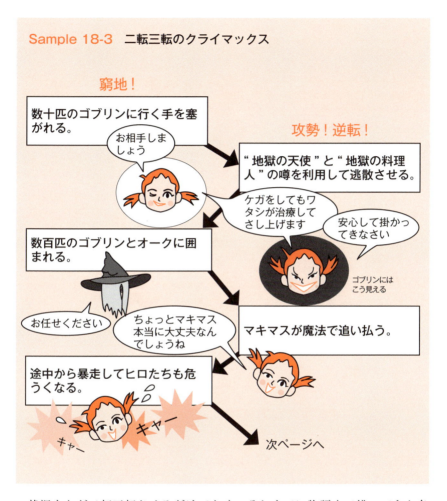

　状況をただ二転三転させるだけでなく、それまでに物語中で描いてきた各人のキャラクターが活かせるようなアイデアを練ります。動きのある映像作品であればアクション演出だけでもおもしろくできます。しかし、文字による作品の場合には、二転三転する場面をアクションの描写だけで引っ張るには相当の文章力が必要となります。描写を延々と続けるよりは、キャラクターを活かした展開や行動をさせたほうが物語の受け手には喜ばれるでしょう。

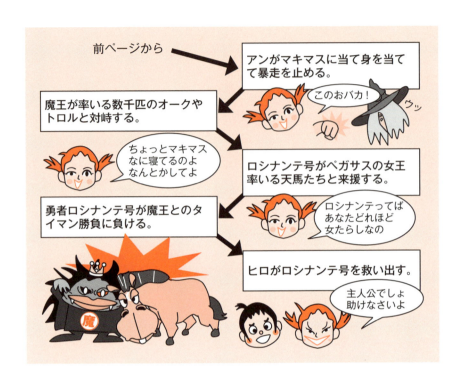

 18-4 ● 意外な方法で問題解決

　課題の最終的な遂行（作例では魔王の打倒）は、ドンデン返し、とまでは
いかなくとも、意外な方法で行えば娯楽性がさらに増します。

Sample 18-4　魔王を料理する

　３人と１頭の冒険者は追い詰められていた。もはや魔王に対抗でき
る手段はなかった。アンはヒロに向かって叫んだ。
「あなたの本に魔王の弱点とか載っていなかったの」

「魔王を料理する方法なんて載ってるわけないだろ」
「それもそうね、食欲は湧かないもの」
　アンの最後の憎まれ口となるのであろうか。魔王がニヤリと笑った。
「王女よ我は食欲が湧いてきたぞ。スパヒロの息子ヒロよ聞くがよい。汝の父の刃を受けた我が死なずに済んだのは、共に傷を負わされ死にかけていたドラゴンと合体したからだ。そのドラゴンと共に汝を喰い殺し、スパヒロへの復讐としようではないか」
　そういった魔王のからだが大きく震え、周囲の空気が震え始めた。ヒロたちに向かって強い気の圧力が押し寄せてきた。周囲の岩が崩れ地面が割れた。やがて静寂が訪れたとき魔王の姿はドラゴンとなっていた。それを見たアンとマキマスは死を覚悟した。だがヒロがボソッと言った。
「ドラゴンの狩り方と料理法は載ってる」

　あとはスパヒロの手引き書通りにドラゴンこと魔王が倒されることになります。具体的な方法と演出は省略です。ストーリー作りとしてはこれで魔王を倒すことができたことになります。

19 ● 終わらせ方は難しい

　冒険の目的が果たされれば冒険は終わりです。来た道を戻って我が家に無事に帰り着く作業が残っていますが、冒険としてはほぼ終了といってよいでしょう。
　ということで作例も最後のものとなります。

> **Sample 19-1　大団円**
>
> 　ドラゴンに変身した魔王は断末魔の叫びを上げて地面に倒れた。
> 　そして静寂。ヒロと仲間たちは冒険が終わったことを知った。
>
> 　　　　　　　　　　完（終）

　ヒロたちの冒険ストーリーはこれでお終いです。このまま物語を終えてもよいでしょう。しかしヒロたちのストーリーはこれで終わりではありません。キャラクターたちは生き続けます。ストーリーの中で生き残ったということではなく、ストーリーを作ったことでキャラクターに生命が吹き込まれたということです。できることならこの物語を鑑賞したひとたちの心の中にもキャタクターが生き続けてもらいたいものです。そのために余韻が残るような場面を用意し、ストーリーを落ち着かせてから物語を終わらせます。
　アクション映画では、クライマックスで敵を倒すと、その数分後には物語を終える例がしばしばあります。しかしその場合にも倒した途端に終わるのではなく、ヒーローが朝日や夕日を眺めたり、あるいはヒロインと抱き合ったり、肩を抱いてその場を去っていったりと、1拍置くようにして終わります。たとえばこんな風に。

Sample 19-2　大団円Ⅱ

　ドラゴンに変身した魔王は断末魔の叫びを上げて地面に倒れた。
　そして静寂。一同は魔王の骸の前に立ちすくんでいた。やがてアンが口を開いた。
「終わったわね」
「うん」
　ヒロがうなずき、マキマスとロシナンテもうなずいた。
「さあ、お家に帰りましょ。マキマス、一瞬で帰れる魔法ってある？」
「一瞬にですか？　…お望みとあればやってみますが」
「やっぱりよすわ。もう危ないことはやめにします」
「うん」
　ヒロは嬉しそうにうなずいた。
「しばらくはね」
　ヒロの顔が引きつった。
　こうして少年たちの冒険は終わった。…ひとまずは。

　　　　　　　　　　　完（終）

　言ってしまえば、これらの短い結びの場面は、多くの場合でストーリーにはなくてもよい内容です。ところがこのような短いものでも物語に区切りを付けることができます。文章の最後に打つ句点（。）やピリオド（.）のようなもので、ストーリーを終わらせる役割としては大きいと言えます。
　この部分の内容と量は、作品に込めたテーマやメッセージに応じて作られます。活劇を楽しんでもらうための娯楽作品では、上の作例のように手短に終わらせます。作者の目的はそれまでの物語にあった活劇で達成されているはずですからもはや伝えるべきものはありません。余韻が残るように上手に終わらせてください。

一方で、テーマやメッセージを強く打ち出したい場合には、蛇足とならないように気をつけながら、受け手にきちんと伝わるようにしなければなりません。そのためには長い場面となることもありますし、いくつかの場面で構成することもあります。

　作例のストーリーはパロディーですから、取り立ててテーマやメッセージはありません。それでも敢えてメッセージを込めるとすればこうなります。

Sample 19-3　大団円Ⅲ

　ドラゴンに変身した魔王は断末魔の叫びを上げて地面に倒れた。
　そして静寂。ヒロの前に魔王の骸が横たわる。
「ちょっとヒロ、アナタ本当にヒロなの？」
　それまでの苦しい経験と最後の厳しい戦いでヒロは別人のように引き締まった顔をしていた。
「えっ、なんのことだい？」
　口調までもが凛々しい。
「まるでヒーローみたいな顔になってるわよ。調子に乗りすぎなんじゃない？　魔王を倒せたのはワタシたちのおかげなのよ。その辺のこと、帰り道でゆっくりと話して聞かせたげる」
　アンはヒロの腕を掴んで歩き始めた。
　わずか２時間ほどあとのこと。ヒロはすっかりと以前のヒロの顔になっていた。恐るべし王女さま。魔王には勝ててもアンにはとうていかなわないヒロであった。

　　　　　　　　完（終）

　たとえ冒険で英雄行為をしたとしても、日常の暮らしではいつもの自分であることが幸せ（？）…というメッセージです。ヒロのくせに分不相応に勘

違いするなよ、といったメッセージではありません。

　テーマとか、メッセージとか肩肘はらずに、冒険を終えられてよかったね、とみんなに呼び掛けるようにして終わらせるのもよいでしょう。それこそが大団円というものです。冒険後の未来を少し想像させるとそんな感じになります。

Sample 19-4　大団円Ⅳ

　　ドラゴンに変身した魔王は断末魔の叫びを上げて地面に倒れた。
　　そして静寂。アンが口を開いた。
「さっ、帰りましょ。帰ったら結婚式の準備やらで忙しいわよ」
「結婚式って誰の？」
「あなたとワタシのよ」
「え～?!」
「あら、お父さまに聞いてなかったの」
「聞いてないよぉ」
「あらそう。まっよくてよ、とにかくそういうことです」
「え～?!　マキマスぅ、ロシナンテぇ、なんとか言ってよ」
　　振り返るとマキマスとロシナンテは関わりを怖れるかのようにその場を離れようとしていた。
「ちょっとぉ、待ってよぉ」
　　ヒロはあとを追って走り出した。アンがその姿を見て頬を染めた。
「まぁ、張り切っちゃって」
　　かくしてヒロの絶体絶命の大冒険がこれから始まるのであった。

　　　　　　　　　完（終）

　このほか、物語の終わらせ方はいろいろ考えられるはずです。作例の終わらせ方としてもっとよいものがあるかも知れません。皆さんも演習として少

し考えてみてください。

　ストーリーアイデアはただの思いつきではありません。狙いや効果を検討し、ストーリー内での役割や意味づけがあって初めてアイデアとなります。思いつきだけでも成立することのある演出アイデアや、一発ギャグとは違います。発想に検討を加えると、さまざまなアイデアへと発展していくことでしょう。と同時にどのアイデアを選ぶのが正解かと迷いも生まれてきます。

　物語作りとは、その場その場で、幾つものアイデアの中からひとつだけを選んでいく作業です。とりわけ難しい選択が物語の終わらせ方かも知れません。終わらせ方によってはそれまでの苦労が台なしということもあります。

　以上で旅をする冒険ファンタジー作りは終わりです。

ミステリー
を
作る

> **ミステリーを作りたいのですが どうすればミステリーになりますか？**

「ミステリー」mystery（英語）は大衆娯楽作品の中でもかなり人気のあるジャンルです。元々の言葉の意味は神秘とか不思議、秘密、謎といったものですが、そこから不可思議な事件や犯罪事件の謎を解く大衆小説ジャンルを言い表すようになりました。日本語訳は一般に「推理小説」とされます。

小説とされるのは、このジャンルが広まったのが小説によってだからです。まだ複数の表現手段、マスメディアが発達していなかった頃のことです。今日では小説にとどまらず、さまざまな表現手段上での、主に謎のある、謎解きを楽しませてくれる作品がミステリーと呼ばれています。

ということであれば、ミステリーを作るには物語中に謎を盛り込めばよいということになります。ただし、盛り込むだけでは不十分。謎が解明されていくことが、作品を読んだり観たりする推進力、楽しみにならなければなりません。

ミステリーの代表格は殺人の手口を解明し犯人を探し出す物語です。しかし今日では、殺人以外の犯罪だったり、犯罪以外のことだったり、身近にあったちょっとした不思議だったりと、謎解きの対象はさまざまです。謎がそれほど不思議でなかったり、謎解きに重点が置かれていなかったり、別の主題をミステリーで表現しようとする作品もあります。そうしたものも含めて、とにもかくにも解明されていない謎があってそれを解くことが物語の結末につながるストーリーがミステリーとしてよいのではないでしょうか。

なお、物語の舞台設定とは関係なく謎解きのあることがジャンルとしての唯一の条件と言ってよいので、SFや時代劇、ファンタジーなどのほかのジャンルと組み合わされることもあります。

M1

ミステリーの作り方

01 ● なにをしたくてミステリーを作りたいのか

　ミステリーを作るときには、まずなにをしたいのか確認します。
　たとえば、トリックで驚かせたいのか、魅力的な探偵を作り出したいのか、人間の業を描きたいのか、社会問題を提起したいのか。極端な話を言えば、ミステリーは味付けに過ぎないストーリーを作りたいのか、といったことを確認してください。ミステリーと一口に言いますが、描かれる目的や主題はさまざまです。どんなものがあるのでしょうか。それはそのままミステリーのタイプになると言ってよいでしょう。

a.　謎解きで楽しませたい。

（犯人は誰だ　探し物は何処だ）

　小説ジャンルで言うところの「**探偵小説**」です。謎だらけの事件から手掛かりを拾っていき事件を解決します。多くは事件を起こした張本人、とりわけ殺人事件の犯人（誰が殺したかが謎）を見つけ出す物語となっています。しかし追うべき謎は犯人だけではありません。いろいろです。行方不明者（何処にいる）かが謎でもよいですし、紛失物（何処にあるか）が謎でもよいのです。犯人は明らかだが犯行の手口（どうやってそれをしたのか）が謎ということもあります。謎を解明していく過程、そして意外な結末を楽しんでもらうというのが作者のしたいことです。

b.　トリックで驚かせたい。

　トリック（詭計）とは、事実を隠蔽したり、別の事実に見せかけたりしてひとを欺く謀のことです。密室殺人のように、ある行為をあたかも**実現不可能に見せかける**、あるいはアリバイ作りによって容疑者には**実行不可能と見せかける**ようにします。その場で起こったことを別の場所で起こったかの

ように見せかけたりすることにもトリックが使われます。意外なトリックを考え出し、種明かしによって「そうだったのか」と驚かせたり感心させたりするのが醍醐味となります。

c. 駆け引きで手に汗握らせたい。

　隠そうとする者と暴こうとする者の駆け引きから目を離せないようにしようというものです。逃げようとする者と逃がすまいとする者の対決としてもよいでしょう。解明される事実よりも、解明するまでの経緯、とりわけ両者の駆け引きを楽しませます。知恵比べではありますが、犯人の専らの対抗手段は、追求内容を予想した上での犯行手口と隠蔽工作です。犯行後の予想外の追求に窮し犯行後に対抗策を打ち出すこともありますが、たいていは悪あがきとなって墓穴を掘るのでご用心。

d. 事実としての事件そのものを目撃させたい。

　起こされた事件の全容を描き、事件の本質とその意味、社会や周囲の人間に与えた影響を問いかけます。ドキュメント調の作風になることが多いようです。娯楽というよりも現実や時代を感じさせることを目指します。事件にどれだけ潜っていくか、その深度が問われます。

e. 犯罪を犯した人間を描きたい。

　犯人の人物像を繙くことが目的です。どのような背景があって、なにが影響し、どのような心理で犯罪を犯したのか、犯罪を犯した人間を深掘りします。小説ジャンルでは「犯罪小説」がこのタイプに当たります。

f. 社会問題をあぶり出したい。

> 悪いのは社会だ
> 確かにその通り

　事件を解明することで犯罪の背景にある社会問題をあぶり出そうというものです。たとえば権力の腐敗の犠牲になったとか、差別が犯行に走らせたとか、貧困が根底にあるといったように、犯罪を醸成する社会の有り様を描き出します。鑑賞後には少なからぬ憤りを持たれるようでなければなりません。「そういうものさ」と納得するようではあぶり出したことにはなりません。小説ジャンルでは「社会派推理小説」がこのタイプに当たります。

g. 異常で奇異な雰囲気を醸し出したい。

> こりゃひでぇ
> 耽美だレトロだ

　ミステリーでは、関心を引くために猟奇犯罪や怪人を登場させたりと、奇怪で奇異な事件を扱うことがあります。そうした計算からではなく、異常性や伝奇的な雰囲気が好き、というか作風にしたいという場合です。

h. ミステリー風味の別ジャンル作品を作りたい。

> 誤認逮捕しました
> またかよ

　事件や謎解きに沿ってストーリーを進行させますが、事件や謎解きと同じ程度に、あるいはそれ以上に、笑いや恐怖、活劇などを押し出すものです。ユーモアミステリーとか、アクションミステリー、ホラーミステリーといった感じです。別ジャンルの性格が主となれば、それはミステリーではなく、ミステリー風味の別ジャンル作品となります。

i. 個性的で魅力的な探偵を登場させたい。

> 名探偵登場
> 迷探偵登場

　個性的なキャラクターを創作して、物語の受け手をキャラクターの虜にしたいというものです。キャラクターの魅力が活きるようにストーリーを作っていきます。

これらのタイプは、ほかのタイプと組み合わされてひとつとされることもあります。その際にはより重点を置いたほう、というよりもより印象が残ったほうのタイプに分類してよいでしょう。ａの"謎解き"と組み合わせる場合には、謎解きの出来が悪いと評価はかんばしくありません。

　なにをしたいかが決まれば、ストーリー作りの方針も決まりです。

02 ● ミステリーのストーリー構造（パターン）

　ミステリーの多くは犯罪事件を解決する物語です。まずは現実の犯罪がどのような流れで扱われ解決へと向かうのか見てみましょう。こうです。

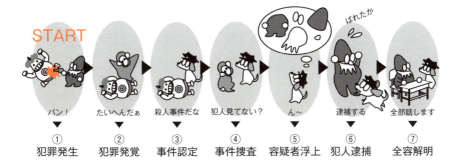

　最終的には逮捕された犯人が検察に送致され、裁判によって有罪となり、刑が実行されて解決ということでしょう。しかし捜査を担当する側としては、犯人を逮捕して事件解決です。

　ミステリーのストーリー構造は、この流れが前提となって作られています。その基本の構造パターンを上げておきます。

02-1 ● 犯罪捜査のストーリー構造

　上に挙げた事件解決の流れを、捜査する側の立場に立ってみると、次のように少しばかり様子が変わってきます。

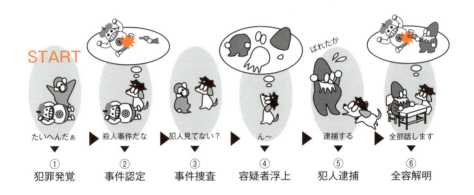

　犯罪が発覚し事件となっても、捜査する側は当初、犯人が誰か分かっていません、また犯行の手口や状況も捜査を経てからでないと判明していきません。それらの事実を見つけ出していくのが実際の犯罪捜査です。すなわち犯人も謎ならそのほかも謎、そして謎を解いて明らかにしていく、これってミステリーです。**実際の犯罪捜査の流れはミステリーのひとつの基本的なストーリー構造**なのです。そのまま用いれば刑事などの捜査関係者による犯罪捜査ミステリーが出来上がります。

　この実際の犯罪捜査の流れをもっとシンプルな図にするとこうなります。

事件の中にある不明な事実を"謎"に置き替えてみるとこうなります。

　ミステリーの本質が浮き上がってきました。謎（事件）が起こり、起こった謎を探り、探った謎を解き明かします。これがミステリーの本質です。当たり前と思うでしょうが、独自性を出そうと余計な要素を盛り込みすぎてミステリーの本質が見えなくなってしまう。そんなこともありますから、時々はこのシンプルな構造を思い起こしてください。

 ## 02-2 ● 名探偵ならではの王道パターン

　ミステリーの基本構造に創作としてのドラマチックさを加えたのが、名探偵の推理で楽しむストーリー構造です。名探偵ものの王道パターンと言えるでしょう。

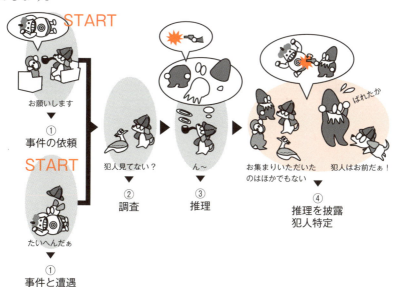

主人公の名探偵が、事実の断片を組み合わせていき事件の全容にまでたどり着きます。最大の特徴は関係者一同を集めて推理を披露するクライマックスです。たいていは集まった関係者の中に犯人がいて、犯人の前で真実を一気に「暴く」といった点がストーリーの醍醐味です。単に犯罪や犯人のことばかりでなく、証言者がなぜ錯覚、誤解したのか、また自分の当初の推理が誤っていたなら、なぜ見誤ったか、そうしたことまで開帳し事件の全容を解き明かします。

02-3 ● 倒叙式のストーリー構造

　犯罪事実を最後に暴くのではなく、当初から犯罪の全容が分かっている構造もあります。それが倒叙式と呼ばれるストーリーパターンです。

　犯罪事件の解決の流れも、捜査側でなく犯人側から見ればこう変わります。

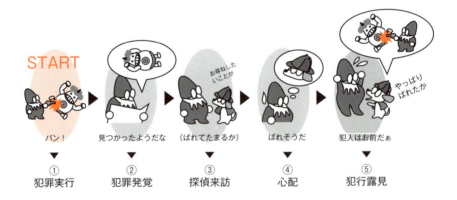

　当然ですが犯人が誰か、犯行の手口がどのようなものか、なぜ犯行に及んだのか動機までもが犯人には分かっています。なにせ犯罪を犯した本人なのですから。

　02-1、02-2 のストーリーパターンでは、犯罪の全容が最後のほうで明

かされます。しかし、倒叙式では犯人や犯罪の手口が、この犯人側の視点からと同様に、物語の開始そうそうに開示されます。しかし、それでは謎解きを楽しむミステリーにはならないのでは？　と誰しも思うところです。

　そんなことはありません。倒叙式では全ての犯罪事実があらかじめ開示されるとは限りません。犯人を描く犯罪小説では、犯行の様子そのものは分かっていても、動機や背景が謎で、それを解明していく作品もあります。

　犯人側だけを描くだけが倒叙式ではありません。捜査側も描きます。
　ストーリーの流れは、たいていは次のような流れになります。

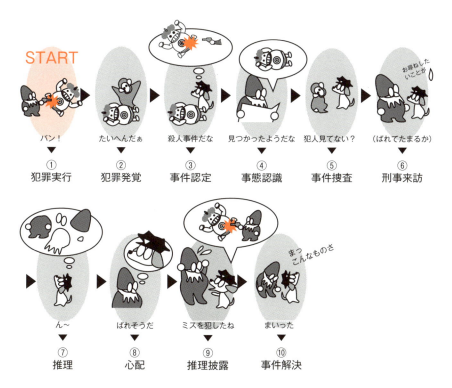

　捜査側を中心に据えて描けば捜査側が主役です。もっぱら犯人側を描けば犯人が主役です。しかし、どちら側に重きを置くにしても捜査側と犯人の攻

防という構図になりますので物語の緊張感が増してきます。02-2の名探偵パターンでは、推理が披露されるクライマックスまで探偵が誰を犯人と考えているのか分かりません。物語の受け手はそれぞれに誰それが怪しいと推理し、極端に言えば誰が犯人だと探偵が言い出しても不思議はないという状況です。一方で倒叙式では犯人が明白ですから、クライマックスの場面では犯人が誰か分かっているのはもちろん、捜査側も彼が犯人だと考えていることが予測できます。物語の受け手が捜査側の示す根拠に感心し、犯人の敗北を見届けるための場面です。この時点では捜査側の推理は証拠に基づく事実になっていなければなりません。

　倒叙式では、誰が犯人なのか、さらには犯行の詳細まで開示されたりしますから、物語の受け手の関心は別のことに向いています。捜査側が主役の場合には、**いかにして事実を拾い上げ、どのような推理によって拾い上げた事実を犯人と結びつけて追い詰めるか**です。犯人が主役なら犯行時と犯行後に見せる**捕まるまいとする知恵**です。

　醍醐味となるのは犯人を犯人だと決定づける言い逃れのできない事実です。決定づけるのは、誰も気にかけないような事実、誰も気づかないような事実です。捜査側はその事実を拾い上げ、犯人は無知、誤解、不用意によってミスとしてその事実を作ってしまいます。

　倒叙式を用いた作品でよく知られているのが、米国のTV映画『刑事コロンボ』シリーズ（第一作は1968）です。物語の冒頭では倒叙式により犯人の犯罪実行場面が詳細に描かれます。事件となって探偵役のコロンボ警部が登場してからは主にコロンボ側から描くようになり、何度も犯人を訪ねてはとらえどころのない質問で犯人を追い詰めていきます。その場面はまぎれもなく対決場面なのですが、コロンボ警部がとぼけた味で穏やかに、ずるずると、真綿で首を絞めるようにして犯人を追い詰めていきます。

03● ミステリーの謎を作る

　ミステリーでは、犯人が自分の立てた計画を成就させるために事実を隠蔽し、事実をねつ造します。その結果、謎が生じてきます。ミステリーの作者はこの謎を作り出さなければなりません。実際には事実を謎に見せかけるのですが。

03-1● 方針を立てて謎を作る。

　ではどんな事実を隠そうとするのか。また、どのように隠すのか、殺人事件を例にして思いつくだけ挙げてみましょう。とは言っても方向性を示す程度です。謎は思いつきで作ってもよいのですが、捻りだそうとするのなら、まず方向性を決め、それを手掛かりにして作るのがよいでしょう。待っていても謎（アイデア）はなかなか降りてきてはくれませんから。

a.　犯罪そのものを隠す
　犯罪のあったことが露見しなければ事件とならず追求されることもありません。そのため犯罪そのものを隠します。たとえば次のようにして。

① 　遺体を抹消する。
　　たとえば死体をコンクリート詰めにしてマリアナ海溝に沈める。
② 　事故や自殺に見せかけて犯罪事実をすり替える。
　　絞殺後に首つり自殺の状態にする。

b.　時間を操作する
　操作する時間とは、犯罪を実行した時刻、犯罪に要する時間、現場にいな

かったとする不在証明（アリバイ）の時間についてです。

① 犯行時刻を特定する根拠を操作して犯行時刻を錯誤させる。
温度を操作して死後硬直による犯行時刻の推定を誤らせる。
② 犯行現場との移動時間を操作してアリバイを得る。
回送電車を利用して犯行現場との間を行き来する。
③ 特定の時間に目撃者の側にいたと錯誤させてアリバイ証言を得る。
部屋に籠もっていたと目撃者に思いこませ、抜け出して犯行に及ぶ。
④ 他人に殺人を依頼し確実なアリバイを作る。
見ず知らずの人物と互いに殺す相手を交換する（交換殺人）。

c. 犯行現場に手を加える

犯罪の行われた場所が犯行現場です。犯行現場やその周辺では犯人の痕跡や目撃情報を期待できます。

① 犯行現場から自分の痕跡を消す。
指紋や足跡、遺留品など、自分につながる全ての痕跡を消し去る。
② 別人の痕跡など虚偽の手掛かりを犯行現場に残す。
別人の指紋や持ち物を犯行現場に残す。
③ 死体を移動させて犯行現場を誤認させる。
殺害現場から別の場所に死体を移しアリバイを得る。

d. 犯行動機を隠す

犯罪には動機があります。利害・損得のため、愛憎の果てに、名誉や優越感、行為への渇望、自己実現のため、微細に見れば動機の数はひとの数ほどあると言えます。有力な動機があればその人物は有力な容疑者となります。

① 犯行動機を目立たないようにして注意が向かないようにする。
通り魔の犯行に見せかける。

② 別人の犯行動機を際立たせて犯人にする。
被害者と金銭トラブルのあった人物の所持品を犯行現場に残す。

e. 犯行の手口を隠す

犯人を追い詰めるには犯行の手口が分からなければなりません。分からなければ、論理を欠いた当てずっぽうの推測でしかありません。

① 凶器や殺害方法を不明にする。
氷で作られていた凶器が溶けてなくなる。
② 殺害方法を別のものに誤認させる。
撲殺を爆死に見せかける。

f. 被害者の身元を隠す

被害者の身元や特徴、行動を知ることで犯人像や手口の手掛かりを得る場合があります。被害者との人間関係が希薄なほど犯人の特定は困難です。

① 被害者の身元を不明にするか、他人のものとすり替える。
被害者の身体的特徴を損なわせる。

g. 犯人を隠す

ミステリーでは、最終的には犯人が特定されなければならず、それがストーリーの醍醐味となります。特定されない場合にはサスペンスかスリラーと言ってよいでしょう。

① 犯行現場から犯人の存在を消す。
監視カメラの死角を利用して映らないようにする。
② 犯人自身の存在を消す。
死亡していることにする。
③ 証拠をねつ造して別人を犯人に仕立てる。

泥酔させて犯行現場に血だらけの姿で眠らせておく。
④ 架空の人物や故人など、この世に存在しない人物を犯人に仕立てる。既に殺害しておいた人物を犯人に仕立てる。
⑤ 単独犯を複数犯に見せかけるなど犯行人数を誤認させる。犯行現場に複数人が争ったような足跡を残しておく。
⑥ 犯行が不可能かのように見せかけて犯人。

h. なにもしない

とくに隠蔽や偽装をしなくても、手掛かりがなく犯人が分からなければそれが謎となります。普通の犯罪でも、犯人が分からないということ自体がミステリーなのです。この場合には作者が物語の受け手に対して行う情報操作によって謎は作られます。

03-2 ● トリックで謎を作る

トリックは、事実を誤認させるために用いる方法です。その意味では偽装でありウソでもあるわけですが、かといって偽装やウソとは違いもあるようです。正直、なにがちがうのか厳密には定義できないのですが、違いを確認しておきましょう。

たとえば、次の状況。

> **Sample 03-2-1　事件の状況**
>
> ある朝、動物園の虎の檻の中で夜勤だった虎担当の飼育員が死体となって発見された。死体を発見したのは夜勤中の同僚飼育員だった。死体には爪痕と牙の痕があり、檻の中にいた虎に夜のうちに襲われたと推測される。これは事故なのか、自殺なのか、事件なのか。

夜中になぜ虎の檻に入る必要があったのか、その辺りの事情を知る必要はあるにしても事故として扱ってよい事件のように思えます。しかし実は同僚飼育員による殺人でした。

その手口はこうです。

Sample 03-2-2 　手口 1

あらかじめ虎を興奮させておき、様子を見に来た飼育員を羽交い締めにして檻の中に閉じこめた。虎をさらに興奮させ飼育員を襲わせた。

虎に襲わせて行った殺人を、虎が襲った事故に見せかけたという意味では偽装と言えば偽装です。しかし、殺害手段（凶器）に虎を用いただけですから、偽装ではないということにもなります。また、犯人がしているのは殺害するための努力であって、事故に見せかけるためだけの努力ではありません。

では、こういう手口はどうでしょうか。

Sample 03-2-3 　手口 2

飼育舎の飼育員室で言い争いになった同僚飼育員は激高して飼育員を殴打、転倒した飼育員は頭を打って死亡した。同僚飼育員は飼育員を虎の檻に入れ、虎を興奮させて既に死体だった飼育員を傷つけさせた。

この手口では、死体を殺害場所から檻の中へと移動させ、虎を興奮させて死体に傷を付け、虎に襲われて死んだように見せかけています。その結果、犯人が直接手を下した殺人を、虎が襲って殺した事故に見せかけています。これは明らかに偽装と言ってよいでしょう。ではトリックかというといまひとつの感じです。

ならば次の手口ではどうでしょうか。

Sample 03-2-4　手口３

　虎を別の檻に移した同僚飼育員は、空の檻に飼育員を誘い込み、あらかじめ作っておいた虎の爪を模したかぎ爪で攻撃し、瀕死となったところを牙を模したハサミを使って止めを刺した。それから檻に虎を戻し、あたかも虎に襲われたように見せかけた。

　この手口では、凶器を工夫してまったくの虚構を作り上げています。
　最初の手口１は虎が実際に殺害し、手口２では同僚飼育員が直に殺害し、虎は偽装するために利用しました。手口３はまったく虎が関与していないのに、虎の事故に見せかけています。子ども騙しのトリック感はありますが、まったくの虚構を作り上げて"見せかける"ようにすれば、それはトリックだと言ってよいのではないでしょうか。なに事も努力が肝心。見せかけるための努力がどれほどかでトリック感が増減するように思えます。ただしやり過ぎは失笑ものです。この作例のように…。

　作例 **03-2-1** の状況から考えた３つの手口の中で、いかにもトリックらしいものは手口３です。しかしほかの２つの手口ではミステリーにならないということもありません。一見事故または自殺に見える状況から殺人事件の嫌疑が浮上すれば、「誰がどのようにして殺害したか」という謎が現れます。その謎の答えが手口１であろうと、２であろうと、３であろうと、謎を追うストーリーとすれば、すなわちミステリーには変わりありません。トリックだけが謎を作るわけではなく、トリック＝ミステリーだとしても、ミステリー＝トリックだとは限らないのです。

　では、トリックもないごく普通の犯罪で謎を作るにはどうしたらよいか。それは作者が物語の受け手相手に情報操作をすればよいのです。

03-3 ● 情報操作でミステリーにする

　トリックを用いるのは犯人などの登場人物だけではありません。作者も用いています。登場人物にトリックを仕掛けさせているのは作者なのですから当たり前。言わば作者は受け手を騙す黒幕…でもありますが、作者はもっと直接的にストーリーや描写を操作して受け手を騙そうとしています。

　騙そうとする一方で、ストーリーの中で**謎を解く手掛かりを物語の受け手に与えていく**のがミステリーです。結末近くの謎解きで手掛かりが初めて明かされるようではフェアではありません。謎解きで明かされるのは、既に明かされている事実の解釈、そしてそこからあぶり出した結論です。

　つまりミステリーは、ストーリーの受け手たちに手掛かりを与えつつ、一方で一杯食わせてやろうという魂胆で作られます。そのために行うのが、**どのような情報（内容）をどれだけ（量）、いつ（タイミング）開示するか**の情報操作です。

a. 登場人物にウソをつかせる

　謎を作るには登場人物にウソをつかせるのが近道です。

　犯人が摘発を逃れるためにウソをつくのはごく当たり前のこととして、犯人以外の登場人物にもウソ（虚偽の証言）をつかせることができます。登場人物たちがウソをつく動機はいろいろです。

　自分が得をするためのウソ。
　　「犯人はXだ。これで彼女も愛想を尽かして私と結婚するさ」
　自分の立場を補強するためのウソ。
　　「犯人はXだ。私を疑うのはお門違いです」
　恨みからのウソ。
　　「Xが犯人だ。私にもひどいことをしたことがあるんです」
　誰かをかばうためのウソ。

「Xは犯人ではありません。ワタシが犯人です」
錯覚か誤解によるウソ。
「暗がりだったけれども、あれは間違いなくXだった…と思う」
無責任でいい加減なウソ。
「Xが犯人だよ。だって、悪そうな顔しているじゃん」

ウソをついてよいのは登場人物の証言や行動に限ってのことです。作者が描写で直接にウソをつくのは、作品を鑑賞しながら推理する鑑賞者に対してフェアとは言えません。

b. 情報を省略する

事実の省略で謎を作ります。たとえば次のような謎。

物語『消えた死体』

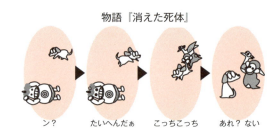

何と言うことはない。実は次の事実（薄い灰色の楕円）を省略して描写しているだけのことです。

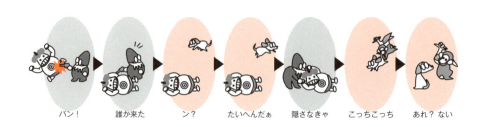

"だけのこと"と言えばそれまでですが、多くの事件では、起こった事実をそのまま描いていては謎になりません。どこをどの程度省略するかが作者の腕ということにもなります。

c. 情報を小出しする

情報操作の基本の第一は情報を「小出し」にすることです。小出しパターンの例を次に挙げておきましょう。

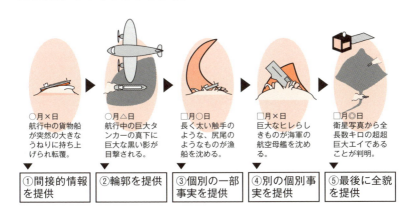

例は怪獣・怪物パニック物のストーリーパターンです。ほとんどの怪獣映画では当初は正体不明で、次第に姿が明らかになっていきます。ストーリージャンルは異なりますが、小出しの意味とやり方はミステリーでも同じです。手短に直感的に理解できると思い、ここでは怪獣ものを例にしました。

とは言え、情報の開示はただ順番に一本調子で小出しにしていけばよいというわけでもありません。開示することで、ストーリーと鑑賞者にどのような影響を与えるか、効果を考えながら行います。

たとえば次のように。

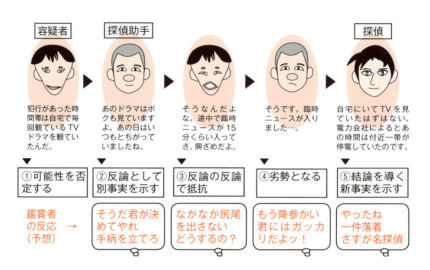

d. 本当の手掛かりを目立たないようにする

　第二に、手掛かりとなる情報はそれと分からないようにします。

　最も用いられるのが大量の情報、とまではいかなくとも手掛かりに思える情報を多く与え、その中に本当の手掛かりを潜ませる方法です。たとえば多くの物語で用いられるパターン。登場する人物のことごとくに動機があり、誰もが怪しいと思えます。次のような人々のようにです。

物語『大富豪殺人事件』

被害者
大企業「富豪産業」の2代目社主。家族なし。

与党有力政治家
被害者の支援を受けていたが最近打ち切られた。

被害者の片腕
仕事で失敗し左遷されることになっていた。

被害者の伯父
創業者の先代社主の弟。自分の会社が経営危機。

被害者の妹
スキャンダル娘。被害者に借金を申し込んでいた。

被害者の弟
「富豪産業」の専務。被害者と経営権を争っていた。

弟の長男
レストラン経営。素行不良。薬物での逮捕歴有り。

弟の次男
銀行勤務。銀行での不祥事の噂有り。

ここまで怪しくなくても、何となく誰もが犯人のように思えます。

逆に、**情報はたくさんあっても、とくに事件につながるものが見当たらない**場合もあります。前出の人物たちに変更を加えて例としましょう。

物語『大富豪殺人事件』

与党有力政治家
失脚中で復権を
被害者が支援し
ている。

被害者の片腕
仕事で失敗した
がもっと大きな
仕事を任された。

被害者の伯父
先代社主の弟。経
営難の自分の会社
に支援を受ける。

被害者の妹
スキャンダル娘。
金銭面で何度も
支援されている。

被害者の弟
「富豪産業」の専
務。被害者を盛り
立てている。

弟の長男
レストラン経営。
素行不良だったが
現在は品行方正。

弟の次男
銀行勤務。出世
しないが地道に
勤めている様子。

とくに登場人物たちに問題はないようです。でもこれだけ関係者を出してくるということはこの中に犯人がいるのでしょう。物語の受け手たちはそう予想するに違いありません。でも探偵役が探ってみると内実は前の例と変わらないことが暴露されてしまうかも知れません。

さりげなく手掛かりを出しておくということもあります。たとえばこんな感じです。

マンションの自宅で殴り殺された死体発見。血まみれの金属バットが横に。 → マンション住人に聞き込み。現場保存中の部屋を背にスマホで自撮りしている青年に聞く。 → 夫婦喧嘩で亭主相手に木製バットを振り回す女房。仲裁に入り聞き込み。 → **粗大ゴミ**を出している管理組合長に聞き込み。 → 自転車置き場で買い物袋を自転車から下ろしているオバチャンに聞き込み。

捜査会議。死因は角張ったもので殴打されたものと判明。 → はたと思いついた刑事。 → ！ → 管理組合長が**粗大ゴミ**に出していた組み立て机の角張った金属脚から血液反応。 → 管理組合長がゴミの出し方を何度注意しても無視する被害者を憎み殺害。

TVドラマであれば、管理組合長が粗大ゴミを出している場面で机の脚をさりげなく画面に入れておき、刑事がはたと思いついた場面でその脚のクローズアップ画面を挟む、といった感じです。

e. 情報開示の順番を工夫する

同じ手掛かりでも、提供する順番によって怪しさの印象が変わります。たとえばこんな感じ。ビミョーですが順番を替えるだけで印象が変わります。

- 公園で有名俳優Xの刺殺体が発見される。前夜に友人Aとバーで合っていたのが分かる。
- 19:50頃 友人Aの証言。バーで酒を飲み、Xとは屋台が出ていた公園の入口で別れた。
- 19:50頃 公園入口の屋台店主Bの証言。公園のトイレに行くときにXとAが人気のない夜の公園に入って行くのを目撃。
- 20:10頃 いつも公園を走っているランナー。前夜も走っており覚えているのは公園のトイレから出てきた屋台店主くらい。

→ 屋台の店主も怪しいかも？

- 公園で有名俳優Xの刺殺体が発見される。前夜に友人Aとバーで合っていた事が分かる。
- 20:10頃 いつも公園を走っているランナー。前夜も走っており覚えているのは公園のトイレから出てきた屋台店主くらい。
- 19:50頃 公園入口の屋台店主Bの証言。公園のトイレに行くときにXとAが人気のない夜の公園に入って行くのを目撃。
- 19:50頃 友人Aの証言。バーで酒を飲み、Xとは屋台が出ていた公園の入口で別れた。

→ Aはウソをついているのでは？

M2

作例と解説
バナナの皮
殺人事件

04 ● ミステリーを作ってみた

殺人事件を解決するミステリーを作ってみました。題して、

『バナナの皮殺人事件』

一般的な犯罪捜査パターンに則って作っています。そのストーリーを捜査の進行順にポイント解説しています。

 ### 04-1 ● 死体発見

大ベストセラー作家でミステリー界の大御所といわれる桃田労氏（62歳）の死体が自宅豪邸で発見された。

被害者の職業を大ベストラー作家としたのは、作例がパロディー調なので、大袈裟にしたほうがよりパロディーであることをはっきりさせられると思ったからです。開き直って名前もモモタ・ロウです。**被害者の設定**は、ストーリーに関係するだけでなく、作品が醸し出す雰囲気にも影響を与えます。

04-2 ● 名探偵登場

　探偵＋助手（ここでは警部＋新人刑事）が事件を解決することにしました。掛け合いによってパロディーらしくコミカルさを出したかったからです。

　探偵役の職業は、職業探偵か刑事というのが古くからの王道ですが、目新しい職業と設定で推理に＋αの楽しみを与える作品も見られます。小学生でもよいですし、女子大生、服役中の囚人、近所のおばさん、芸能人、大富豪、といったように、真実を追究することに職業は関係ありません。

04-3 ● 現場検証

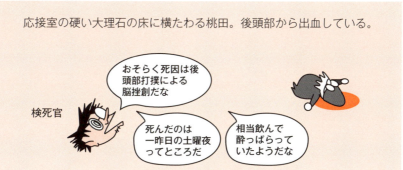

ミステリーの謎には死因に関わるものがあります。が、作例ではその死因が被害者の身にもたらされた方法、つまり殺人の手口を謎解くことにしました。

 04-4● 疑問が浮上

死体からやや離れた床にバナナの皮がある。

和田　「なんですかね、これ」
穂村　「バナナの皮だ」
和田　「部屋がなにか臭いと思ったらバナナの皮が発酵した匂いですか」
穂村　「どうやらバナナの皮で滑り、転んで頭を打ったらしい」
和田　「それで死んだ？」

鑑識　「いや、ない話ではありませんね。床にはバナナのすべった跡がある」
穂村　「バナナにも踏んづけた痕跡がある」
和田　「ていうと事故死ッスか？」
穂村　「そうとは限らん。疑問がひとつある」

どうやら現場の様子から桃田氏がバナナの皮で滑って転んで死んだことは確かなようです。しかしそんな偶然があるのでしょうか。バナナが床に落ちていたことよりも、バナナを踏みつける確率がどれほどあって、頭を死ぬほど床に強打する可能性がどれほどあるか。疑問に思うならバナナが落ちてい

たことよりも、そちらでしょう。と自分で自分に突っ込んでみましたが、物語の受け手にそう思われたらもうお終いです。作例ではその辺りのやり取りは省略ということで勘弁してもらいますが、推理が論理的に成立するか、可能性として起こり得るかは必ず検討します。

04-5 ● 事情聴取

穂村と和田は、第一発見者の家政婦と、死亡当日（一昨日の土曜日）に桃田氏と接触のあった3人から話を聞いた。

桃田猿彦（29歳）
自称ミュージシャンで貿易商。桃田氏の養子（死んだ妹の子）で同居。桃田氏にかわいがられ、ただひとりの桃田氏の遺産相続人。

「この3日間はずっと家にいたけど親父とは顔を合わせていない」
「なにせ成金趣味の広い家だから」

犬山史郎（47歳）
出版社の編集者。桃田氏のデビュー当時（25年前）から担当している。桃田氏が今日あるのは彼のおかげとの評もある。

「夜の7時まで待って遅れていた原稿をいただいて会社に戻りました」

鬼島珊瑚（33歳）
桃田氏の秘書。来客と電話の応対、スケジュール管理、資料調べ、経理と忙しい。完璧主義者らしく申し分のない働き振りを見せているとの評判である。

「土曜は休日出勤で友達と会う約束もあったので、犬山さんが帰られてからすぐに帰りました」

鳥飼キジ（71歳）
通いの家政婦。桃田氏に尽くして30年。近くに自宅があり、息子の家族と同居。暮らしになんの心配もないが、仕事が好きで通って来ている。

「夕食の片付けをして夜8時前には息子の車で帰りました」
「今日来たら旦那さまが倒れていてビックリです」

家政婦の鳥飼さんの証言によれば土曜の夜8時以降に桃田氏が亡くなったことになり、検死官の見立てとも合致します。遺体が発見されたのは、月曜の昼、お勤めに出てきた鳥飼さんが発見しました。亡くなったとされる土曜日に桃田氏と接触があったのは4人（可能性があったことも含めて）。

　4人の設定はありがちで、TVのサスペンスドラマに登場してきそうなひとたちです。そしてこの中に、おそらく桃田氏殺しの犯人がいます（まだ殺人事件とは決まっていませんが）。

　このように犯人の、**事件当日とその前後の行動**（アリバイ）、そして**犯行の動機**が事件解決の鍵となるだけでなく、ストーリー作りの柱となるのできっちりと決めます。

04-6 ● 容疑者浮上

なぜバナナが落ちていたのか。落ちていたバナナについて4人に尋ねたところ次の証言が得られた。

- そんなこと知らないよ
- ええ猿彦さんは大のバナナ好きです。先生はそのことで猿彦さんをひどく叱っていました。だらしなくてバナナの皮をどこにでも捨てるものですから
- 先生がバナナを食べるところは見たことがありません。猿彦さんはバナナ好きですけど
- 確かに猿彦ぼっちゃまにはズボラなところもありますが、旦那さまはかわいがっていらしました
- 確かにあの日は応接間で小遣いをせびったけどバナナは食べていない
- 近いって…
- ウソだ。きみが食べたバナナで死んだで決まりだ。と言うよりもきみが殺した
- なのか？

聞き込みによって桃田氏の養子猿彦による殺人の可能性が浮上してきました。猿彦は大のバナナ好きで、始終バナナを食べており、だらしのない性格から家の中であろうと、所構わずバナナを投げ捨てていました。穂村警部は猿彦がバナナを床に置きあわよくば桃田氏が踏んで転倒し死ぬことを計画したと推理。猿彦に任意同行を求め、計画殺人、が無理なら未必の故意による殺人、が無理なら過失致死罪による立件を目指します。

　最初の疑問が手掛かりとなってストーリーは展開していきます。作例ではほんの少し、ちょびっと、やや、強引ですが、名探偵の穂村警部の疑問から出発し、鋭い推理と証言によってバナナの皮を凶器と断定。バナナに最も関係していると思われる人物が容疑者となりました。

04-7 ● 新たな事実発覚

　猿彦を重要参考人として署に呼んだ穂村だが決め手を欠いていた。だが事態は思わぬところから進展した。

　　鑑識　「実は桃田氏を殺害したバナナはフィリピン産でした」
　　和田　「どうして分かったんです？」
　　鑑識　「科研に遺伝子解析をしてもらいました」
　　和田　「わざわざ？」
　　鑑識　「科研の友人が。予算が余っているというので、遊びで」
　　和田　「税金の無駄遣い。産地が何処だろうと関係ないでしょ」

　だが、2人のやり取りを聞いていた穂村にはピンとくるものがあった。穂村は家政婦の鳥飼と猿彦から裏を取った。

ぼっちゃまは台湾バナナ以外のバナナは召し上がりません。台湾まで買い出しにいくほど惚れ込んでいますから

バナナは台湾バナナしか食べない

では、あのフィリピンバナナは猿彦とは関係ない？

事態を大きく進展させるのは新たな事実です。ここでは遺伝子解析を用い、被害者がフィリピン産バナナを踏んで死んだことが判明しました。バナナも品種によって遺伝子が異なります。本来なら正確な品種名で表すところですが、ここでは産地で表すことにしました。産地名と品種は異なりますが、スーパーなどでは産地名で区別して売っています。より馴染みのある区別を選び捕捉説明も省いていますが、もしアイデア例ではなく作品として世に発表する場合にはそれなりにしたほうがよいでしょう。それはさておき、名探偵の穂村警部は迷探偵ならではの直感と推理によって、いままでの考えをあっさりと捨てました。

 ## 04-8● 動機を洗え

穂村警部は、猿彦への疑いをひとまず解くと共に、犯人が猿彦に罪をなすり付けようとしたと考え、関係者の周辺を洗った。すると幾つかの事実が浮上してきた。

編集者の犬山は、桃田氏の今日を作ることに多大な貢献があったにも関わらず、今回の原稿をもって絶縁を言い渡されており怒り狂っていた

家政婦の鳥飼の息子は、商売に失敗して多額の負債を抱えていたようよ

秘書の鬼島は桃田氏の愛人、という噂がある

猿彦は親父さんが口うるさくてケンカするようになったとこぼしていたな。相続人から外されるなよと忠告してやったよ

犬山の同僚編集者

鳥飼のご近所さん

猿彦の友人

身辺を洗えば複数の関係者に殺害の動機、またはギスギスした人間関係が浮上してきます。最初は皆目見当がつかなくても結末に向けて次第に容疑者が浮かんでくるパターン。早くから容疑者となり得る人物が何人もいるとい

うパターン。容疑者については大きく分けると2つのパターンがあるようです。

04-9 ● 探偵役と助手役

さらに鑑識によって新たな手掛かりが見つかった。現場で採取したバナナの断片に、フィリピン産だけでなくエクアドル産のものもあったのだ。

穂村　「たまたま誰かが皮を捨てた、あるいは落としたとしたら1種類だけのはず」
鑑識　「では2種類のバナナがなぜ床に？」
穂村　「誰かの、何らかの意図が感じられる」
鑑識　「つまり被害者がバナナの皮を踏みつけたのは偶然ではない、と」
穂村　「現場にはバナナの強い匂いがしたね」
鑑識　「確かに匂いました」
穂村　「バナナの皮ひとつではあそこまで匂いはしない」
和田　「ちょっと待ってください」
鑑識　「とすると…」
穂村　「たとえば応接間に誰かがバナナの皮を敷き詰めていたとしたら」
和田　「待ってくださいってば」
鑑識　「なるほど、被害者はかなり酔っていたようですし」
穂村　「そして電灯が付いておらず暗かったとしたら」
鑑識　「バナナの皮を踏んで転倒する確率はかなり高いですね」
和田　「助手ちが～う！　助手役はボクでしょォ」
鑑識　「大量のバナナを買った人間を洗い出しましょう」
穂村　「いい判断だ」
和田　「だからおかしいでしょ、バナナの匂いもボクが最初に気がついたでしょ」
鑑識　「現場も調べ直したほうがいいですね。配電盤に細工の跡がないかも」
穂村　「グッジョブ。いい助手振りだ」
和田　「だから助手はボクですってばァ」

犯人探しのミステリーでは、探偵役＋助手役の２人組で事件を解決するパターンがしばしば見られます。助手は推理を語る探偵の聞き役であり、物語の受け手の分身とも言えます。と同時に質問して推理を聞き出す役でもあり、作者のストーリー展開を手助けする役も担っています。探偵役にとっては作業をしてもらったりと文字通りの助手を務めます。**探偵助手は、作品の観賞者、作者、そして登場人物（探偵）の３者に奉仕する**役だと言えるでしょう。

04-10 ● 謎解き

　いきなり捜査は大きく進展した。名探偵穂村警部の推理の賜物である。再度の鑑識作業によって殺害現場である応接間の床に広い範囲でバナナの皮の痕跡があった。どれもがフィリピンバナナかエクアドルバナナであった。台湾バナナの痕跡は全くなかった。そして桃田邸と関係者の自宅周辺のスーパーと果物屋への聞き込みによって、事件の２日前に大量のバナナを買っていった人物が分かった。その人物とは…。

　穂村警部は捜査令状を取り、鬼島の自宅を家宅捜索した。すると皮をむいた大量のバナナが冷蔵庫から発見されたのである。有力な証言と物証によって鬼島は逮捕された。観念した彼女は素直に自供した。
　犯行の手口は穂村の推理通りだった。鬼島は家政婦の鳥飼が帰ったあとに邸へと戻り、応接間の床にバナナの皮を敷き詰めた。そして電気を消した応接間に桃田氏を誘い込み、桃田氏が死亡したあとにひとつだけバナナの皮を残しあとは片付けておいた。そして自宅に帰り、翌朝になって何食わぬ顔で騒然としている桃田邸に出勤してきたのである。

動機は猿彦と桃田への憎悪であった。元々は猿彦への嫌悪である。完全主義の鬼島は並外れた潔癖症でもあった。邸内のどこもかしこでバナナの皮をポイ捨てする猿彦に我慢を重ねていた鬼島だったが、とうとう我慢の限界に達してしまった。度々桃田氏に訴え、桃田氏も猿彦に注意をしていたが猿彦の振る舞いは改まらず、元々猿彦を溺愛していた桃田氏も諦めの境地に達していたようだった。度重なる鬼島の訴えは無視されるようになり、ついには怒り出して、猿彦が嫌なら辞めてもいいとまで言う始末であった。憎悪をつのらせていた鬼島の憎しみは猿彦ばかりか桃田氏にも向けられるようになった。有能な自分よりも穀潰しの猿彦を選んだことはいままでの自分が否定されたようでとうてい許せるものではなかった。鬼島は桃田を殺し、その罪を猿彦にかぶせる計画を練った。彼女にとって、彼らは罰を与えられて当然だったのである。

かくして事件は解決した。

　関係者、容疑者を一堂に集めての謎解きとはなりませんでした。探偵の活躍を描いたミステリーでは、関係者同席の中で推理が披露され、容疑者がそのまま逮捕されることがよくあります。逮捕されて終わる場合もありますし、自供によって詳しい動機や手口が解明されることもあります。

　こうして事件は解決しましたが少し余韻を残したいと思います。

04-11 ● 大団円… なのか？

いささかの余韻を残して物語の終わりです。突っ込みどころがたくさんあると思いますので、演習のつもりで自分ならどうするか、考えてみてください。

別の人物を犯人にしてみるのもよいでしょう。

以上でミステリーの章はお終いです。

サイエンスフィクションを作る

SFを作りたいのですが どうすればSFになりますか？

　サイエンスフィクション Science Fiction（略してSF）は日本語では「空想科学小説」と訳されます。"小説"とありますが、今日では小説だけに限らず、映画や漫画などに対しても用いられますから、「空想科学作品」というのが今日的な訳と言えましょう。でも一般的には、和訳などせずただSF（エスエフ）と呼んでいます。
　しかし「サイエンスフィクション」にしろ、「空想科学○○」にしろ、その意味がよく分かりません。そこで"SF（エスエフ）"の語で辞典を引いてみました。『広辞苑』（岩波書店）にはこうあります（抜粋）。

「科学・技術の思考や発想をもとにし、あるいはそれを装った空想的小説」

　"装った"というのは意味深ですが、科学・技術の思考や発想を"もとに"して物語を作ることが大切のようです。
　別の辞典も引いてみました。『新潮世界文学辞典』（新潮社）ではこうです（抜粋）。

「科学（サイエンス）の知識や思想を応用した作り話（フィクション）」

　"応用"とは"都合よく当てはめる"ということですから、科学の知識や思想を当てはめて物語を作るということのようです。
　どちらの意味も「なるほど」と思わないでもありません。しかし、少しばかり漠然としてもいるようです。
　そこでどのような作品がSFと称したり、呼ばれたりしているのか、実際のSF作品を分析してみました。

ざっとですが以下ような作品がSFとされているようです。

① **SF以外のジャンルにも使えるストーリーをSF化した物語。**
　スペースオペラなどの冒険活劇、怪奇スリラー、など。
② **進歩した科学技術を物語中で利用している物語。**
　ロボット、タイムマシン、ワープ、クローン、など。
③ **科学的に未知の生命体（または能力者）が登場する物語。**
　超能力者、ミュータント、怪獣、宇宙人、など。
④ **科学的な知識から発想された空間や世界での物語。**
　宇宙、パラレルワールド、タイムスリップ、サイバー世界、など。
⑤ **将来起こり得ると科学的に予測されている出来事を巡る物語。**
　天体衝突、気候変動、地殻変動、など。
⑥ **文学表現を科学で際立たせた物語。**
　人間の感性、心理、思想、哲学に関わることが主題。
　人間という存在を感じたり、考えたりする。
　超自然現象を前にしての科学（人間の理性）の動揺、など。

　どの作品内容にも共通しているのが「科学」です。どのような作品であれ、SFには「科学」の知識や考え方がやはり用いられているようです。

　次節からは、上に挙げた①から⑥のSFストーリーについて、少し見ていきます。

SF1

SFストーリー
の
作り方

01 ● SF以外のストーリーをSF化する

　SF作品のストーリーの中には、他ジャンルに置き替えても一向に構わないと思えるものがあります。たとえばスペースオペラと呼ばれる、宇宙空間でマッチョなヒーローが活躍する宇宙冒険劇などです。つまりこんな感じのストーリー。

> 25世紀の宇宙開拓時代。宇宙パトロール隊員のヒロが、奇怪で凶暴な宇宙生物や凶悪な宇宙人と闘い、救い出した絶世の美女と恋に落ちる。

　試みにこのストーリーの舞台を宇宙空間から地球のジャングルに変え、宇宙パトロール隊員を20世紀初頭の探検家にしてみます。この変更に応じてほかの要素も変更します。するとこうなりました。

> 20世紀初頭の未開のジャングル。若き探検家ヒロが、襲い来る猛獣や悪事をはたらく文明人と闘い、救い出した絶世の美女と恋に落ちる。

　設定を変更しただけで未開地を舞台にした冒険活劇（アクション・アドベンチャー）となりました。そうなったのは核（コア）となるストーリーが、次のようにジャンルに関わらない内容だからです。

青年ヒロがなにやかやと闘って、救い出した絶世の美女と恋に落ちる。

　核となるストーリーのことを本書ではコア・ストーリーと呼ぶことにします（詳しくは既刊『ストーリーの作り方』参照）。
　別の設定でもやってみましょう。今度は江戸時代の日本を舞台にした時代劇にしてみましょう。

> 若き剣士の広之進が藩内のお家騒動に巻き込まれ、悪家老一味が放つ刺客と闘い、救い出した姫さまお付きの腰元と恋に落ちる。

このように舞台や設定を変えるだけでどのジャンルにすることもできる状態のものがコア・ストーリーです。もしSFにしたいのなら、とにかく土台となるコア・ストーリーを作ってしまい、そのあとでSFならではの設定や要素を加えてSF化していけば、それでSFストーリーができ上がるというわけです。

01-1 ● SF化する方法

SF化するために加えるSFならではの設定や要素とは次のようなものです。

① **進歩した科学技術。**
   現時点では実現不可能な事柄を実現する機械や技術のことです。
   恒星間宇宙船やロボット、タイムマシンなど。
② **科学的に発想した存在や出来事。**
   科学的にはある程度推測予期できるものの、現時点では未知の存在、または原理不詳か未確認、未発生の事柄、時間旅行など。

安直と言われればそれまでですが、上の要素をストーリーに加えるだけでSFにすることができます。では実際に別ジャンルのストーリーに付け加えてSF化してみましょう。SF化するストーリーは誰もが知るこのお伽話です。

Sample 01-1　桃太郎

　昔々ある所に老夫婦が住んでいた。ある日、川を流れてきた大きな桃を持ち帰ると、中から元気な男の赤ちゃんが現れる。子どものいなかった老夫婦は、"桃太郎"と名付けて自分たちで育てることにする。やがてのこと、すくすくと育った桃太郎は大望を立て、悪い鬼を懲らしめに"鬼ヶ島"へと向かう。途中、イヌ、サル、キジの3匹を、キビダンゴを与えて次々とお供に加えた桃太郎は鬼ヶ島に乗り込み、あらがう鬼もなんのその、3匹の活躍もあって見事に鬼退治に成功する。鬼たちはたくさんの宝を差し出して降伏し、桃太郎一行は老夫婦の元へと凱旋する。

この『桃太郎』をSF仕立てにしたのが次のものです。

Sample 01-1a　スペース・モモタロー

　遙か遠くの未来のこと、ある惑星にエイリアンの夫婦が住んでいた。ある日、老夫婦の住まい近くの川に物体が落ちてくる。2人が川に浮かぶ物体を家に持ち帰ると、中から元気な男の赤ちゃんが現れる。落ちてきたのは小型の脱出ポッドで、搭載されたコンピュータの記録によると宇宙海賊に襲撃された地球人夫婦が脱出させたものだった。子どものいなかったエイリアン夫婦は、"モモタロー"と名付けて自分たちで育てることにする。やがてのこと、すくすくと育ったモモタローは、実の親の仇である海賊どもを滅ぼすべく海賊が根城にしている惑星"オニガシマ"へと旅立つ。途中、地球のイヌ、サル、キジに似た3人のエイリアンを助け仲間としたモモタローは、惑星オニガシマに乗り込み、3人の仲間の活躍もあって宇宙海賊を一網打尽にする。モモタローたちは海賊たちが集めた財宝を持って老夫婦の元へと凱旋する。

核となるプロット（粗筋）自体は元のまま、そのため誰が見ても『桃太郎』だと分かります。しかし舞台を宇宙空間にして、宇宙船などの未来技術を各所に取り入れ、スペースオペラ風にしたことで、お伽話のストーリーをSFにすることができました。

　ちなみに元々あった他人の作品を、趣向を変えて作り直すことを「翻案」と言います。もちろん著作権があるものを勝手に翻案して発表することはできません。

　他ジャンルでも使えるストーリーを、商業ベースの作品から探してみましょう。たとえば米国ハリウッド映画『スター・ウォーズ』シリーズ（映画第一作は1977）があります。"SF映画"とはあまり喧伝されないようですが、SFスペースオペラと考えられないこともないので例としておきます。

　題名のとおり、『スター・ウォーズ』は宇宙を舞台にした戦争での英雄行為と冒険活劇を描いた作品です。CG技術が進歩した今日の映像で育った方にはそうでもないかも知れませんが、公開当時、特殊撮影技術とそれを活かした演出と映像によって、観客を驚かせ、魅了した作品です。しかしストーリーの筋立自体は"欧州戦争"、"戦国合戦"、"剣と魔法の世界戦争"といった具合に、背景設定を別物に置き替えても成立しそうです。言ってしまえば、ストーリーそのものはSFにする必要のないストーリーということになります。

01-2 ● たとえば戦争のストーリーをSF化する

　戦争のストーリーをSF化するためには、当たり前のことなのですが戦争のストーリーを作れることが前提となります。戦争のストーリーは、誰のなにを描くかによって次ページの①〜④のようなタイプがあります。①から④を複数含んだものもあり、世代や舞台を変えれば、年代記と呼べるような大

① **市民が戦争に翻弄されるストーリーパターン例**

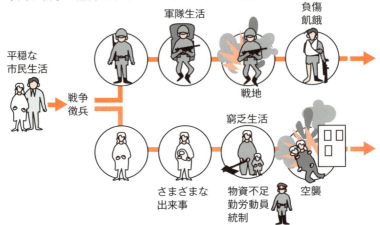

② **特殊部隊による任務遂行のストーリーパターン例**

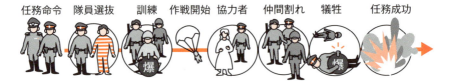

③ **部隊（兵士たち）の歴戦のストーリーパターン例**

④ **戦争指導者のストーリーパターン例**

作となります。

　戦争のストーリーをSF化する際には、戦争に使う**武器や兵器、装備品がSFの大切な要素**になります。あれもこれもではなく、1つか2つに絞り込んで物語中で何度も登場させると作品の特徴にすることができ、また製作面ではストーリーと場面展開のキーとすることができます。

　ガンダムシリーズでは、ほかに兵器があってもモビルスーツが活躍をほぼ独占しています。それこそが作品の売りとなっているわけです。

　『スター・ウォーズ』では、TIEファイターやXウイング戦闘機を始めとして、魅力的なデザインの兵器や武器が登場しますが、ジェダイの騎士が使うライトセーバーがストーリーに欠かせないアイテムとなっています。

　登場人物にもSFらしい設定パターンがあります。スペースオペラの冒険活劇的要素を持つ作品では、しばしば以下のようなキャラクターが登場してきます。

　これらのキャラクターは戦う相手であったりもします。異星人との戦争は惑星間戦争となり、ロボットであれば人間への叛乱、超能力を持つミュータントたちとの戦争もあります。マッドサイエンティストが人類を破滅に追い

込むこともあるかも知れません。

01-3 ● たとえばスリラーを SF にする

　R. スコット監督の米国映画『エイリアン』(1979) は、怪物（クリーチャー）が人間を襲う、古くからあるスリラーを SF 化したような作品です。ストーリーも演出手法もスリラーのパターンを踏襲していて、恐怖の対象をドラキュラやミイラ男、チェンソーを振り回す仮面の男といった襲撃者から奇怪な宇宙生物に置き替えています。

　襲い来るクリーチャーの恐怖と緊張を描いたスリラーの、典型的なストーリーパターンは次のとおりです。

怪物襲撃スリラーのストーリーパターン例

　『エイリアン』ではこのパターンを踏襲し、次の設定によって緊迫感と恐怖を増すことに成功しています。いずれの設定も元々スリラーの手法ですが、これに SF ならではの要素を当てはめています。

① 　逃げ場がない。
　　『エイリアン』では SF らしく宇宙空間を航行する宇宙船の内部。外は暗黒の宇宙で逃げ場がない。

② 奇抜で怪奇な架空怪物（クリーチャー）を造形する。
『エイリアン』では宇宙生物とし、姿形もさることながら、その生態が見る者に生理的な恐怖を与えています。

クリーチャーの恐怖を描いた物語では、**クリーチャーの造形が最も大切**であることは誰もが認めることです。SFでは次のような種類のクリーチャーが登場人物に恐怖を与えます。

① フランケンシュタインのような人造の人間や生物。
② 人間を害そうとするロボットなどの機械。
③ バイオ技術から発生した新生物、変種生物。
④ 覚醒または復元した古生物。
⑤ 未知の宇宙生物（生命、生命体、宇宙人、ウィルスなど）。

J.キャメロン監督の米国映画『ターミネーター』（1984）で恐怖をもたらしたのは、未来からやって来た頑強なアンドロイドです。逃げても逃げても執拗に追ってくる殺人機械でした。

 ## 01-4 ● 物語の前提作りに SF 的要素を利用する

一見してSF的であっても、状況を作り出すためだけに科学的要因を利用することもあります。たとえば、このようなお話。

> ### Sample 01-4-1　幕末高校生
>
> 京都に暮らす高校生のヒロは著名な科学者を伯父にもつ。ある日伯父さんの研究所に遊びにいき、伯父さんが席を離れている間に時計のよう

> な機械をいじると、あら不思議。激しい渦に巻き込まれ、気がつくと夜の竹林にいた。うろつき回って竹林を出ると小さく粗末な庵の前に出た。そこにはひとりの公家が隠棲していた。名を岩倉具視という。どうやら江戸時代末期に時間移動してしまったようだった。果たして現代の高校生が、動乱の幕末時代を生き抜くことができるのだろうか。

　時計に似た超小型タイムマシンが出てきますが、あとはSF的要素が登場しません。過去の時代に跳んだ現代の高校生が、文明度も習慣も、生活様式も価値観も異なる環境（現代社会とは別の異世界）の中でどう過ごすかがストーリーの味噌です。広い意味でSF作品としてもよいでしょうが、そのためにはもっとSF的な要素を加えたほうがよいかと思います。このままでは、実態としてはSFではなく、奇抜な設定の青春冒険ストーリーです。そうするためにSFの要素を用いただけと言えます。
　似た作りではこういうお話もあります。

Sample 01-4-2　アナタはワタシ

> 　ある日のこと、見ず知らずのヒロとアンが宇宙から落下してきた人工物の衝突に巻き込まれる。すると２人の魂が入れ替わってしまう。互いに始めて会った２人だったが、入れ替わったことを他人にも言えず、秘密を抱えて生活していくことになる。

　魂が入れ替わってしまうストーリーは時折見掛けます。入れ替わる切っ掛けはさまざまです。２人が転んで入れ替わる。魔法の薬で入れ替わる。機械で入れ替わる。入れ替わったあとのギャップとドタバタだけを描きたいのなら、切っ掛けはただの事故でも、ファンタジーでも、SFでも構いません。物語の色調に合ったほうがよいとは言え、切っ掛けはどんなものでもよいのです。でき上がるストーリーは実態としてはSFと言うよりも、青春ストー

リー、もしくはラブコメです。

 ## 01-5 ● SFにしなければならないストーリー

　SFにできるからといって、SF以外のストーリーパターンをわざわざSFにすることはないのではなかろうか、元のジャンルのままでよいのではなかろうか。そう言われればそうです。
　でも『スター・ウォーズ』が、昔ながらのファンタジーだったり、中世ヨーロッパの騎士映画だったとしたら、とうていあれほどの成功はなかったと思いませんか。中世の甲冑を着た騎士がカキンカキンと鉄剣を交えるのではなく、SFならではの剣をブーンブーンと振り回し、SFならではの装甲で身を固めた悪漢とバチバチと鍔迫り合いをする、映像技術の進歩あってのことですが、SFだったからこそ成功したと言えるでしょう。

　この例が示すように、ストーリーが他ジャンルで使用できるものであったとしても、SF的要素を活かして成功していれば、それはSFにしなければならなかったストーリーなのです。逆を言えば、ただSF的要素が含まれていればよいというものではないのです。他ジャンルでも通じるストーリーをSF化するには、この辺りのことをわきまえた上で行ってください。

02 ● 進歩した科学技術そのものからSFを作る

　SF作品を手早く作る方法は、現在と比べて遙かに進歩した科学技術（道具や成果）を登場させることです。恒星間宇宙船やタイムマシン、乗り物が空を行き交う大都会、そうしたものが登場すれば、それはSF作品となります。身も蓋もない言い方ですが、そこからストーリーを作り始めるのもよいでしょう。科学技術を扱うSFは難しいとか、SFを作るには勉強が必要だとか、知性がないとダメとか、ある意味ではその通りかも知れませんが、だからといって過剰に臆することはありません。SFの成り立ちを見てみると、それほど学術的でもなく、難解でもなく、知性だってそこそこのようです。

　そもそものSF作品は、現実にはあり得ない存在や出来事を登場させ、その奇抜さ、奇妙さ、怪奇さで人々を魅了しようというものだったようです。その点ではファンタジーやミステリー、ホラーなどのジャンル作品と同じです。異なるのは科学・技術をストーリーの裏付けにしている点です。見たことのないものや見られるはずのない事柄で驚かせ、ドキドキ・ワクワクさせる。その点では通俗的で大衆的な作品がSFの始まりだったと言えます。いまでは社会学的考察や作者の人生観、哲学思想、詩的感情を色濃く出したストーリーがありますが、そもそもは強い娯楽指向がSFの持ち味でした。だからSFだからといって、科学が関係するからといって、ワタシには作れないと臆することはありません。

　ただしタイムマシンといった未来の道具や機械を登場させてSF作品にしたとしても、物語は必ずしもSFストーリーになるとは限りません。登場させた道具や機械がストーリーの鍵となり、ストーリー作りをする上での土台となっていなければなりません。

02-1 ● 科学技術を活用する

　科学技術を進歩させるには2つの道筋があります。ひとつは既存技術を"改良"していき、さらに高度化すること。もうひとつはいままでにないまったく新しい技術を"登場"させることです。"登場"とは奇妙な言葉使いですが、現実的には発明すること、そしてSF的には宇宙人から教えてもらうなどして"入手"するということを含んでいます。

　どちらの道筋を辿るにしても、**進歩した科学技術は現時点で実現できないことを可能にしてくれる**ことになります。地味な例では、改良された鉄道システムが現行よりも所要時間を短縮してくれるとか、派手な例なら、タイムマシンで過去の時代へ時間旅行する、といったようにです。

　進歩した科学技術を物語の題材とする場合、次の点のどちらかをストーリーの中心に据えています。

① **技術を使用することで生じる直接の効果。**
　　その技術や機械で「なにができるか」がストーリーの要。たとえばタイムマシンを使うと別の時代に旅行できる。また次の場合も。

> 20XX年の未来。軍事省の防疫研究所で脳を活性化する薬品が研究されていた。摂取すると脳の機能していなかった部分が活性化し、<u>知能が向上するだけでなく、感覚や運動機能までも向上する薬</u>だった。

薬の効能＝
技術の効果

　しかし効果はよいことばかりとは限りません。副作用などの想定外の効果が生じることもあります。

> 脳活性化薬は現在のところサルを使った動物実験段階にあったが、開発責任者の研究所長は実用化のための人体実験を目論んでいた。そして実際に人体実験に取りかかる。薬の効果は抜群だった。ところが思わぬことが起こる。被験者たちが<u>急速に老化していく</u>のだ。

② **技術を使用することでもたらされる影響。**

その技術が登場すると「どのように状況が変化するか」がストーリーの要です。個人的な状況はもちろん、社会や自然環境が劇的に変化するかも知れません。

> 研究は軍事省の制服組幹部からの指示だった。薬が完成すれば、<u>超人の戦闘部隊を編制することができる。我が国は俄然有利になるだろう。</u>軍事省にはそう見込む幹部がいた。一部の上層部と関係者しか知らない研究が極秘裏に進められていたのである。

利用で激変する軍事バランス＝状況変化

その技術を得るためにすることで状況が変化することもあります。

> 埋め立て地で数十の死体が発見される。異常なことにどの死体にも頭部がなかった。被害者たちは脳活性化薬の開発のために殺された人々だった。<u>薬を作るためには、人間の脳がごくわずかに作り出す脳内物質を大量に必要とした。その物質を取り出すためにひと知れず誘拐され殺されたのだった。</u>通り魔事件による<u>大量殺人</u>と見た世間は<u>騒然</u>となった。

もたらされる影響が当初想定していたものと異なる場合もあります。

> 軍事省幹部は研究を急ぐことにした。脳内物質に代わる材料も発見さ

> れ、人体実験は加速された。数十人の兵士に対し実験が行われた。個人差はあったものの兵士たちは超人化した。と同時に一部の兵士の人格が凶暴化した。<u>彼らは脱走し凶悪な事件を次々と起こしていった。資金を得た彼らは研究所員を誘拐し薬の大量生産を始めた。</u>世間の犯罪者たちに投与し自分たちの強大な国家を作ろうとしていた。

SF作品に登場する技術を挙げると次のようなものがあります。

コンピュータ／情報ネットワーク／ロボット／サイボーグ／新エネルギー／大量殺戮兵器／宇宙探査／宇宙植民／スペースコロニー／惑星改造／高速交通／物質転送／大量輸送／巨大建築／遺伝子操作／再生治療／疫病蔓延／クローン／不老長寿／生命創造／ほか

02-2 ● 進歩した科学技術を作り出す

　技術は具体的には機械や道具の姿となって現れます。SF的機械や道具を着想する方法は2つです。

　ひとつは、現在ある道具や機械をベースにして発想する方法。その中には現在実用化されているモノの改良型があります。たとえば銃砲が進歩すればどうなるか、未来にふさわしい剣とはどういうものか、と考えてみてください。光線銃やライトセーバーを思いつくかも知れません。

　いまのところはまだ理論段階というモノが実用化されたとしてもよいでしょう。実用化するには莫大な経費がかかって事実上無理というモノを登場させても構いません。

　もうひとつはドラえもんの道具のように、理屈を抜きにして、それを使えばなにができるか、どうなるかから発想する方法です。憧れから発想しても

構いません。「こんなことができればいいな」から発想してみてください。「高度に進んだ科学技術は魔法にしか見えない」とも言われているのですから。

　一方でこの種の道具で大切なのは、いま使っている道具との何某かの類似点です。たとえば"どこでもドア"はドアをくぐればどんな場所にでもあっという間に移動できる道具です。細かな原理や仕組みはまったく分かりません。それでも許容できるのは道具が"ドア"の姿をしているからです。ドアはこちらからあちらへと、別の部屋や外（空間）に移るときにくぐります。そのことが皆分かっているからすんなりと受入れられます。"どこでもボール"ではそうもいきません。

　進歩した"科学技術"が作られるのは未来とは限りません。ひと知れず、現在あるいは過去の天才科学者が作り出しているかも知れないのです。過去であればその時代に使われていた材料やエネルギー、たとえば木材や蒸気機関を使っているかも知れません。

 ## 02-3 ● 難しい科学の理屈はスルーする ?!

　SFに科学の要素を入れなければならないからといって、物語の中で科学的な理論や理屈を登場させたり、くどくど説明する必要はありません。登場させる現象や事実がよく知られているのなら、理屈や仕組みまでは知られていなかったとしても、いちいち説明したり解説したりする必要はありません。

　たとえば"タイムマシン"はSF作品に登場する機械としてよく知られています。またそれを使えば"時間旅行"できることも広く知られています。しかしどのような仕組みで時間旅行を実現しているかはまず説明されることがありません。説明のしようもないからですが、なによりもそんな**理屈はストーリーに必要がない**からです。時間旅行できるという事実だけでストーリーが成立するのであればそれでよいのです。望まれているのはおもしろい

ストーリー展開や、ドキドキ、ワクワク、感動や感銘です。物語の中でそれができるということであれば説明は不要。とりわけ冒険活劇では難しい説明など聞きたくもないのです。

　また、科学的に理屈が通らない事実があっても構いません。主人公が訪れる星がことごとく地球と同じ大気組成をしていてもよいのです。訪れた星の全てに、たまたま空気があったでよいではありませんか。動きが不自由な現在あるような宇宙服など着なくても構いません。重力だって必要なときに登場させればよいのであって、必要がないなら素知らぬ振りで構いません。スルーしてしまいます。よく分からないことには触れないようにします。分かっていないのに触れようとするから、ボロが出て物語の受け手を白けさせてしまうのです。娯楽作品にはおもしろくするウソも必要です。

　科学的なきっちりとした解説が必要なのはストーリーの展開上、説明しておかなければならない場合、作品に説得力を持たせたい場合、そして自分の作風に必要とする場合です。

　ただしこれはストーリーテリング（物語描写）でのお話。ストーリーメイキング（物語作り）ではやはり知識はあったほうがよいでしょう。

 ## 02-4 ● それでも科学知識はあったほうがよい

　ストーリー作りでは知識がアイデアの素となります。
　たとえば"天体衝突"の知識。SF作品では直径数キロメートル単位の天体（すい星や小惑星、隕石）が地球に落下してきたりします。一時期、そのパニック振りが盛んに映画の題材とされましたが、天体との衝突は生物に災いをもたらします。
　たとえば、恐竜が絶滅したのは巨大隕石の衝突で舞い上がった土と埃が太陽光を遮り地球の気温を低下させたせいというのが有力な説です。さらに恐ろしいことには、地球の歴史の中では小天体との衝突で地球上の全生命が数

回は絶滅しているとの一説があります。衝突によって発生したエネルギーはとてつもなく大きく、岩石を溶かして地殻をめくり上げ、津波のようになって全地表を溶岩の海にしていくというのです。そうなってはどんな動物も植物も、微小生物も生きていられるわけがありません。ところが、その度に地下で硫化物をエネルギー源としていたバクテリアのような小生命体から出直し、再び進化をたどって、生命をつないできたのが地球と生命の歴史だというのです。

　だとすれば天体衝突のパニックではなく、別のストーリーアイデアが浮かんできます。人類誕生以前に、高度文明を築きながら絶滅してしまった別の人類がいたというアイデアです。その人類は恐竜が進化したひとたちかも知れませんし、ゴキブリが進化したひとたち、あるいは想像もつかない姿をしたひとたちかも知れません。さらに想像するなら、ごくわずかながら先住人類が生き残っているのです。UFOは彼ら生き残りが操るドローンかも知れず、ミステリアスな出来事の背後には彼らがいるのかも知れません。

　こんな感じで知識は作者を刺激し、アイデアをもたらしてくれるものなのです。

03 ● 架空の生物を登場させてSFにする

架空の生物が登場するのはSFだけではありません。ファンタジーにもたくさん登場します。では、SFとファンタジーではクリーチャーにどのような違いがあるのでしょうか。つまりSFらしい生物とはどのようなものなのでしょうか。

03-1 ● SFとファンタジーの架空生物はどこがちがう？

SFの生物は、現実の生物と同様の性質や生態を持つと考えてよいようです。

たとえば、人間などの生命体としての仕組みが複雑な動物は、生殖によって生命を得、細胞分裂によってからだを形作っていきます。人間であれば出産によって誕生し、魚や爬虫類などでは卵から孵って誕生します。一方で動物の中には細胞分裂による自己複製だけで増殖する生物もいます。

生命を維持する根本の仕組みは同じです。外部から材料を得てエネルギーとし命を維持します。やがて老化し、病気、外部からの影響によって生命活動を停止します。

ファンタジーにも現実の生物と同じような生態を持つ架空生物が登場します。しかし、現実の生物ではあり得ない性質を持つ生物も登場します。たとえば、魔法使いが呪文を唱えて誕生させる。大地の気が集まって誕生する。死ぬと塵になって跡形もなく消え失せる、といった具合です。その辺りのことがSFとファンタジーの違いのようです。

03-2 ● 架空のSF生物を作り出す

　SFで登場する架空生物には宇宙人（いまは異星人(エイリアン)の呼称が一般的）や宇宙生物、未確認生物（UMA）、巨大怪獣、人造生物、などが挙げられます。

　こうした生物のクリーチャーを創作する場合には、現実にいる地球上の生物をなぞるとよいでしょう。
　現実の生物をなぞることは、SFとしての科学的な裏付けがあるということになります。ある生物の生態をそっくりそのまま摘要することもありますが、生命を維持するためにはエネルギーを外部から取り込む、といったように科学的な考え方だけをなぞることもあります。

　『エイリアン』の宇宙生物（エイリアン）は卵から生まれてのち、姿形を変える変態を重ねて成体となります。こうした点は地球上にいるカエル、カブトムシ、ウナギ、カニなどと同じです。また体内に入り込んで宿主から栄養を取って成長し、ついには体を食い破って出てくる生態は、芋虫に卵を産み付けるハチの一種と同様です。さらに女王エイリアンの存在はハチやアリの社会を想像させます。この社会構造はシリーズのJ.キャメロン監督作品『エイリアン2』（1986）で利用されています。こうした生態が登場するSF作品はエイリアンシリーズだけではありません。

　なぞる点には次のようなものがあります。

生命維持	→	消化吸収、呼吸、循環器、エネルギー源、ほか。
知覚	→	感覚器官と神経伝達システム、ほか。
運動	→	骨と筋肉と神経、脳、手足、羽、動かない、ほか。
生殖・成長	→	雌雄、受精、成長サイクル、ほか。
思考	→	脳で思考し記憶、社会、文化、ほか。

特質　　　→　毒を持つ、電気を発する、ほか。

ほかの重要な要素として容姿・外形があります。容姿や外形はどちらかと言えば物語の演出で利用しがいがあるものです。ストーリー作りでは上記の要素のほうが使いでがあります。

03-3 ● 地球外生命が登場するストーリー

　SF作品には、宇宙人などの地球外生命体が多く登場してきます。そうしたストーリーは次の4要素の組み合わせで作ることができます。たとえば図の中で赤い丸で囲んだ要素を組み合わせれば、古くからある宇宙人による地球侵略のストーリーとなります。

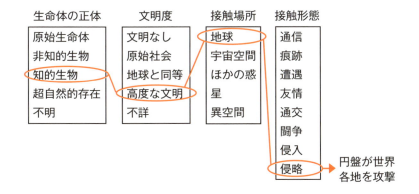

　宇宙人の侵略と言えば武力による攻撃がすぐに思いつきますが、災害を人工的に起こしたり、密かに人間に寄生したり、指導者を入れ替えたり、ウィルスをばらまいて全人類を病気にしたりと、方法は幾つもありそうです。
　武力攻撃であっても工夫のしどころはあります。昔の映画の空飛ぶ円盤は、だいたい大型トラックサイズか、大きくてもドーム球場サイズだったように思います。新しくは都市の上を覆い尽くすほどに巨大なものだったりします。

宇宙人の侵略は古くからSFの題材になってきたので、物語を作るなら、なんらかの工夫をして新しさを出すことが必要でしょう。

04●別世界の物語

　SFでは、未来世界のように現実と異なる別世界を舞台とする場合があります。作品によっては、世界が主役でストーリーが従といったものもあります。

　例を挙げるなら、宇宙空間、異星世界、パラレルワールド、タイムスリップした過去の世界、サイバー空間世界、地底や海底などの地球の極限環境世界、正体不明の異次元世界、などです。

　別世界を舞台にする方法は次の3つです。

① 　別世界の住人のその世界での物語にする。
② 　元々の世界から別世界に行った人物の物語にする。
③ 　世界が激変して別世界になった物語にする。

　なお、SFだからといって、科学的に高度な文明世界ばかりが登場するわけではありません。原始の世界であっても、世界の成り立ちやそこへ行く方法、登場人物たちの行動などに科学的発想の下敷きがあればSFとなります。

04-1●驚きの別世界をSFにする

　昔の学説の中には、奇抜でいまとなっては空想でしかないものもあります。

たとえば「火星には運河がある」。望遠鏡で見えたときの火星の模様を運河に見立てた仮説です。観測事実を元にしているので科学的と言えば科学的です。

地球の中が中空になっているとする仮説もありました。北極と南極には空洞世界への出入り口となる大穴が空いていて、図にすると右の図のよう

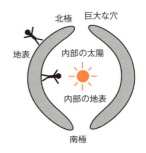

な感じになっています。"地球空洞説"と呼ばれます。冒険物語の作家ならずとも想像力を刺激されます。根拠らしい根拠はなくとも本を発行して真剣に主張するひとがいました。

J.ヴェルヌの小説『地底旅行』(1864) は、中空とまではいきませんが、地下の広大な洞窟世界を探検する物語です。

さまざまな異世界を舞台にしたSF作品に、藤子・F・不二雄作『ドラえもん』の長編漫画シリーズがあります。アニメーション映画シリーズ(第一作『のび太の恐竜』は1980)になっていて、映画を観た方は多いでしょう。頼りになるのび太君と、互いに信頼し合った仲間たちが、ドラえもんと秘密道具の助けを借りて活躍します。舞台となるのは地底世界や海底世界、宇宙空間、別の惑星世界、ファンタジー的な魔法世界といった具合にさまざまです。シリーズ全体が異世界カタログのようです。

04-2● 現実世界が別世界になる SF

SFの舞台になる別世界には、元々あった現実世界が何らかの理由でまったく異なる状況や環境に変化したものがあります。いわゆる近未来世界です。

ウィルスの蔓延により人類滅亡が迫る世界、人間がゾンビ化した世界、氷河期となった世界、核戦争後に放射能で汚染された世界、謎の物体が宇宙から飛来した世界、ある出来事によって短期間でまったく変わってしまった世界です。状況が大きく変わっても、科学力や人間の反応と対応力は現在のも

のと変わらないので、まったくの異世界よりは物語を作りやすいかも知れません。

05 ● 未来を予測してSFにする

SF作品の中には、未来を科学的に予測して作った作品があります。

作り方としては簡単だと言えるでしょう。十年先、数十年先、数百年先にどんな出来事が起こるか、あるいはこの世界がどうなっているのかを考えます。その予測を元にストーリー作りを始めます。その際に大切なのは科学的に予測することです。

予側される未来の姿は大きく2つです。よい未来と悪い未来です。実生活でよい未来を望んでいる割りには、作られる作品は悪い未来を予測したものが多いようです。バラ色の未来よりは衝撃の未来、そのほうが人々の関心を引きやすいのでしょう。

05-1 ● SFで社会に警告する

SFは問題を提起することに向いているジャンルです。実際に未来の姿を見せることで「こうなってもよいのかと迫る」ことができます。しかも、極端な状況にすることもでき、現実の中でからみあう事実をばっさりと切り捨てることもでき、そのため問題を分かりやすく提示することができます。

警告するのは将来の異変や危機、憂うべき事態です。典型的な例が次のようなストーリー。近未来パニック映画のひとつのパターンを汎用的に表現してみました

> 科学者のヒロは、研究中に"大異変"の兆候を得る。異変による災いは全世界に及ぶことが予想された。ヒロはすぐに政府の関係機関に警告する。だが取り合ってくれない。対策を求め被害を少なくしようと奔走するヒロ。だが"大異変"が始まってしまう。後手となった対策のため被害は見る見る拡大していく。ヒロはそれ以上の被害拡大を防ぐことができるのか。人類の滅亡は迫る。

"大異変"の内容はいろいろです。どんな異変があるでしょうか。異変には**止められる異変**（たとえば核戦争のような人為的な災い）と、**止められない異変**（たとえば大地震のような自然の現象）があります。どちらの場合でもたいていの作品中では異変が発生してしまいます。登場人物たちの努力は被害の拡大を防ぐか、あるいは新たな状況で生き続けていくことに向けられます。

思いつく異変の種類を挙げておきましょう。

　　地殻変動（大地震、大噴火、磁場崩壊など）／天体衝突／有害宇宙線／病原菌の蔓延／異常気象（スーパー台風、スーパー積乱雲、干ばつ、豪雨、激しい雷雨、大洪水、寒波、ほか）／気候変動（氷河期到来、砂漠化、地球温暖化、海面上昇など）／核戦争／放射能汚染／人口爆発／食糧危機／エネルギー危機／ほか

現在ある不安で未来を想像します。たとえば地球の温暖化がこのまま進むと、猛烈な台風のさらに上をいくスーパー台風を発生させたり、巨大積乱雲によって大豪雨をもたらすとされます。毎週のように大嵐が襲ってくるのは御免です。

異変そのものではなく、**異変がもたらした後々の事態**（後々の結果）で警

告することもあります。たとえば核戦争勃発ではなく、戦争終了〇年後、〇十年後の汚染された世界、巻き上げられた塵による核の冬の時代が物語の舞台です。地球温暖化が題材なら、温暖化で南極やグリーンランドの氷が溶けると、海面が上昇し陸地が海に沈みます。そうしてついには大半の陸地が海に没してしまった世界が舞台です。

　一般にこれらの出来事はそう遠くない未来に起こるということで、題材として扱った作品は近未来SFなどと呼ばれます。そこでの科学技術は、進歩していたとしても今日に近いものですから、より身近な問題として身に迫ることでしょう。

　警告は個人の問題として扱われることもあります。進歩した科学技術、たとえばクローン技術が濫用されれば自分のクローンが自分に取って代わるかも知れません。全ての記録が電子データ化されネットワークで運用されるようになれば、事故か悪意によってデータを消されれば社会的な存在として認められなくなるかも知れません。

05-2 ● 未来社会はユートピアかディストピアか

　未来の予測とは、わたしたちが暮らす社会や環境がどのような状況になるかを想像することです。予測には楽観的なものと悲観的なものがあります。未来はバラ色のユートピア（理想郷）なのか、それとも絶望だけのディストピア（地獄郷）なのかです。

　楽観的な考え方の元には、科学の進歩や人類に対する信頼があります。科学は進歩していくものなので、今後人類がさまざまな問題や危機に直面したとしても、進歩した科学によって解決できるだろうという考え方です。こうした考え方にはさして根拠があるとは思えず、科学がいままでの歴史の中で進歩し続けてきたのだから今後もそうだろうといった期待と希望に基づいて

いる感がします。どちらかと言えば、予測というよりも「こうなったらいいな」という憧れの未来図を描いているといったほうがよいでしょう。たとえばこんなユートピア。

> 不老不死とまではいかないが、進歩した医療技術によって病気による死はなくなり、誰もが健康に長生きできる。

悲観的な未来の予測は人類に警鐘を鳴らすことに繋がります。ユートピアとは正反対のデイストピアが描かれます。たとえばこんなディストピア。

> 医療の進歩は長寿化を招いた。その結果として人口爆発が生じ食糧危機となった。病気では死ななくなったものの、原始の時代同様に飢餓で死ぬことが多くなった。

ディストピアとされるのは、核戦争や感染爆発などの将来起こり得る出来事により到来した社会環境（たいていは荒廃した世界）が多いようです。また、その状況を克服するために人類が自ら選んだ状況、たとえば地下でのシェルター生活や人工知能による管理社会、絶対的リーダーによる独裁、などがディストピアの代表例です。

06●SFで文学する

SFは娯楽性の高い物語を幅広い内容で創作できるジャンルです。と同時に、作者の感性や心の表現、思索の結論を物語の主題にもできる、文学表現の可能性を持つジャンルです。かつてのように、物珍しさで気を引いて喜ばせるだけではありません。作者の文学表現の一手法にSFが用いられます。

06-1●SFにして詩情を際立たせる

"詩情"や"情趣"を感じさせるSF作品があります。SF的な背景がそれらを際立たせます。たとえば、こんなストーリー。

Sample 06-1-1　惑星

　２つの太陽が昇り、老人は目覚めてねぐらを出る。道路の表面は砂に被われている。何台もの朽ちかけた車が静かにたたずむ。彼は立ち止まり耳をすます。そうは時間が掛からない。すぐにもひとのざわめきが聞こえだし、人々が現れる。埋もれていた車も走り出す。さらに耳をすませば、流行のファッションの話、休みに行く旅行の話、行き交う人々のいつもと変わらない会話が聞こえてくる。
　ポツリ。頬に雨が当たって空を見上げる。雑踏が消え、静寂が訪れる。しばらく耳をすます。もう話し声は聞こえない。路上では動くものが消え、雨だけが静かに音を立てている。老人はねぐらへと帰っていく。ここは放棄された植民惑星。彼ひとりが暮らす惑星。

作例から感じられるのは、老人の孤独感、というよりも惑星にひとり取り

残された風景、寂寥感といったものです。実際にはストーリーだけで感じさせるには不十分、小説であれば文章、漫画であれば絵とコマ割り、映画であれば映像と音で情緒を醸し出すことになります。

　しみじみとした情趣を出すために、ストーリーそのものは取り立ててドラマチックでもなく、淡々と進めていきます。激しい場面が含まれていても淡々と事実を積み重ねます。こうした表現では作者の客観的で突き放した見方が大切です。

　今度は作例の内容を現実世界のものにしてみます。SF要素が抜かれ、主人公が変わります。

Sample 06-1-2　山里

　老人は目覚め、ねぐらを出る。路肩のコンクリの割れ目からは草が伸び放題。周囲の廃屋は崩れるままだ。町へ行くバスはとうの昔に廃止されていて、停留所の表示板はさびて文字も読めない。立ち止まって耳をすます。そうは時間が掛からない。すぐにもひとの声が聞こえてくる。野良着姿の年寄りたちが姿を現す。話題にしているのは都会に出て行った子どものこと、盆には帰るのか、暮れには帰るのか。彼は首を振り、うっすらと笑みを作る。

　ポツリ。雨が頬に当たって空を見上げる。年寄りたちの姿が消える。しばらく耳をすます。もう話し声は聞こえない。雨だけが静かに音を立てている。彼はきびすを返しねぐらへと帰っていく。ここは山間の集落。彼ひとりが暮らす村。

　文章をなるべく作例 06-1-1 と同じにして、できるだけ設定だけが変わったようにしています。ひとが住まなくなった山村のお話です。亡くなったり、都会に暮らす身内と同居するために集落をあとにしたのでしょう。いま残っているのは老人の"彼"だけです。住人が去り、たったひとりで暮らす土地

の設定となると、いま現在の現実世界ではこのようになるのではないでしょうか。

　作例 **06-1-1**、**06-1-2** の2つの作例を比べると、大きく異なるのは、ひとりだけで住む場所が地球とは別の惑星か、地球上の山間の集落かです。

　惑星にひとりというのはSFならではの設定です。惑星規模の広大な空間にひとりっきりというのですから、山間の山村よりは孤独感が増しそうですが、そうとも限りません。ここでの場所の違いは空間の広さではなく、現実には行けない場所（地球とは別の惑星）か、行こうと思えば行ける場所（山間の集落）かです。それは物語の受け手と物語との距離でもあります。受け手がどれだけ自分の現実世界に近いと感じるかです。感情に強く訴えかけたいのなら、現実世界に近い山間の集落のほうが、物語の受け手は自分の体験に合わせて入り込みやすく、作り手側も切々と訴えることができます。舞台が別の惑星では、逆に架空のこととしてブレーキが掛かり、感情というよりは、もっとぼんやりとした情趣を感じさせるに留めやすくなります。

　物語の主題に入り込むことを家に入ることでたとえてみましょう。現実の物語は入口では、億劫で入りにくくても、入ってしまえば、次の部屋との間にはドアがなく、家の奥深くまで入っていきやすくなっています。SFは逆に入口からは入りやすく、奥に入るには幾つものドアがあって奥まではなかなか行けません。居心地の悪い部屋までは行かずに済むという言い方もできます。

　SFでは軽めの感情や情趣を、軽い空気として醸し出すことができます。より軽くしたいのなら、さらにSF的な要素を加えるようにします。

　たとえばこのように。

Sample 06-1-3　惑星 II

　老人は目覚めぐらを出る。道路の表面は砂に被われている。何台もの朽ちかけた車が静かにたたずむ。彼は朝食をとるために食堂へと向かう。いつものように壊れた扉をくぐりカウンターに座る。「いつもの」と大きな声で注文する。目の前にある調理マシンのランプが点滅する。数分して出てきたのは保存状態を解かれた温かいベーコンエッグとトーストだ。「コーヒーが付いてない」。返事は返ってこない。マシンのランプが赤く光っている。品切れだ。注文した朝食メニューにも赤いランプが点いている。最後のベーコンエッグだったようだ。これで店の全部のメニューが赤ランプになった。別の店を探さなければならない。エネルギープラントが活きている間は食糧パックは保存され続けるだろう。彼は店を出て耳をすます。そう時間は掛からない。すぐにもひとのざわめきが聞こえだし人々が姿を現す。車も走り出す。行き交う車とひと。雑踏の中で耳をすませば、流行のファッションの話、休みに行く旅行の話、行き交うひとたちのいつもと変わらない会話が聞こえてくる。彼は笑みを浮かべながら歩いていく。ここは放棄された植民惑星。彼だけが住む星。

　SF の要素である進歩した機械と道具を入れ込みました。多すぎて趣が減ってしまった感がありますが、より軽い感じにはなりました。

 ## 06-2 ● SF で人間を問う

　人間の存在に関わる、論理的や哲学的な問いかけをする SF 作品もあります。それらは**当たり前と思われている価値観や常識に疑問を投げかける**ものです。あるいは**誰もが少しは考える人間への疑問**。たとえば次のように。

Sample 06-2-1　生贄

　宇宙飛行士のヒロは宇宙で遭難し、ある小さな未知の惑星にたどり着いた。そこには地球人類とは別種の人類、一口で言うなら地球にはない鉱物でできた鉱物人たちの星だった。環境は地球とほとんど変わらず水と空気があり草花があり、姿は奇妙だったが動物もいた。大きくちがうのは鉱物人が星の支配種だったことである。文明度は地球と大差がないようだった。地球と同様の進歩発展の道筋をたどっており、現在の文明段階も地球の現在とそうは変わらないようだった。しかし風習は中世、あるいは古代のそれに近い。平和的な人類でろくな兵器も持たないのに野蛮な風習がいくつかあった。最たるものは人身御供の風習だった。毎日の夕方になると、聖なる火山の火口に、クジで選んだ鉱石人間ひとりを人身御供として飛び込ませていた。鉱物で出来てはいても火山の中に飛び込めば跡形もなく溶けて死んでしまう。生贄を献げなければどうなるというのか。火山の神が怒り、異変を起こして大地を滅ぼしてしまうというのだ。ヒロは迷信を否定し、ただひとり同調してくれた鉱物人のマキマスと一緒に野蛮な風習を止めさせようとした。だが彼らは止めようとしない。鉱物人たちは怒り、ヒロとマキマスを地球に向けて追放した。２人は地球に着いた。

　鉱物人のマキマスに驚いた地球人たちは身体検査を求めた。いまや亡命者となったマキマスは承諾し施設に入った。それきりヒロはマキマスと会うことはなかった。地球に帰ってから半年後、ヒロは再び鉱物人の星へと旅立った。通商大使を道案内するための再訪だった。交易品をたんまり載せた５隻の大型宇宙船で船団を組んでの出発だった。

　ヒロは訪問が通商のためだと思っていた。だがそれはちがった。宇宙船には通商物資の代わりに大勢の兵士が搭乗していたのだ。兵士たちはたちまち惑星首都を占領した。戦争を知らない鉱物人たちはろくな抵抗

もせずに降伏した。兵士たちは鉱物人たちを次々と宇宙船に乗せていく。宇宙船は地球へ向けて出発する。新たな大型宇宙船が次々とやって来て同じ光景が繰り返された。そうこうしているうちに惑星の鉱物人たちが全て地球に連行されていった。そして星は急速に冷えていった。
　いまや生贄が身を投げた火山の火口は噴煙を上げていない。溶岩は冷えて岩となった。地中のマグマも冷えて岩となった。惑星の核そのものの活動が停止していた。活動を支えていたエネルギーは、火山に身を投じてきた生贄の鉱物人たちだった。彼らのからだは地球では考えられないほどの超エネルギー源だった。それはマキマスのからだを調べて分かったことだった。野蛮な迷信ではなかったのだ。鉱物人たちは1日ひとりの犠牲を払うことで惑星と彼らの暮らしを守ってきたのだった。地球はエネルギー資源を失いつつあった。遭難したヒロの任務は資源の探査だった。意図しないうちにヒロは任務を達成したことになる。地球に連れていかれた鉱物人たちは、これからは地球のために生贄にされるのだ。マキマスは最初の生贄となっていた。ヒロは全てを上官に教えてもらった。やむを得ない犠牲なのだ。どうせ自分と同じ種族を生贄にしていた野蛮な連中ではないか。そんな連中に情を掛けても仕方がない。上官はそう語った。ヒロは遠ざかる鉱物人たちの星を眺めていた。青く美しかった星は冷たい灰色の星に変わっていた。

　ひとの命は何者にも代え難いものです。それは常識であり絶対的な価値観です。にもかかわらず、時には犠牲にすることがあります。自分が関係しない問題では、犠牲を強いる者を非難し、大勢の人間を救うためといった合理的と思える理由があれば仕方なしと認め、自分に関わる問題では積極的に認めてしまうということはないでしょうか。犠牲になるのが自分と無関係な者であればなおさらです。結局のところ、時と場合によって使い分ける二重基準、三重基準を、誰もが持っているのではないでしょうか。そんな人間のモラル感を考える作例です。

次の作例は、少々哲学的な問いかけです。人間ひとりひとりの存在は、なにをもって証明されるのかを考えるものです。娯楽性も加えています。

Sample 06-2-2　キミはボクでボクはキミ

　某国の秘密研究所。研究所では、個人の脳に蓄えられた情報（記憶や性向、など）を丸ごと取り出し、そっくりそのまま別の人間の脳に移し替える装置を開発していた。実用化できれば、精兵の経験や知識を多数コピーして精鋭部隊を編制できることになる。あるいは優秀な科学者の脳内情報を、肉体の寿命が尽きる度に別人に移し替えていけば、無限の時間をひとつの研究に費やせることになる。複数の人間にコピーしてもよい。そうすれば効率よく、高いレベルで研究を手分けすることができる。ただし情報を移すためには、移す先の脳を初期化、つまり全ての情報を完全に消す必要があった。そのため、人体実験の被験者を探すのが難しかった。だが研究所ではどうにか数人の被験者を確保。ある者には、軍の特殊部隊のエリートの脳内情報を、また別の者には複数の人間の脳内情報をコピーするなど、数種の実験を極秘に開始した。ところが、ある日のこと…。

　個人のアイデンティティをまったく否定するような事態を起こして、人間の存在意義を考えようというストーリーです。まったく同じ脳内情報を持つ人間が複数、それでいて外見はみな別々という事態の中でストーリーを展開させます。クローンのように外見も同じというのはよくあります。個人は肉体と精神がひとつで個人と言えますが、肉体と精神を分離させた上で、人間の個人としての存在を考えようというものです。なにが個人なのか、疑問と混乱が生じるはずです。ストーリーは中途までにしていますが、どんな人間に、どんな実験をして、どんな事態にするか、アイデアがいろいろと湧いてきます。

大袈裟な設定を用意しなくても人間という存在を考えることはできます。日常的に使う道具をSF的にしてそれをやってみましょう。

> **Sample 06-2-3　選択アプリ**
>
> 　ヒロが「最良の選択」という名の無料スマホアプリをダウンロードしたのは大学3年の時だった。アプリの内容は、買い物をするときにアプリが代わって「最良の選択」をして間違いのない品物を買えるというものだった。操作は簡単だ。自分が好むライフスタイルや食べ物の嗜好、贔屓のスポーツチーム、好ましい著名人など、あらかじめ設問に答えて登録しておけば、メニューから目的、たとえば「自分に合った洋服」とTPO（着ていく時間や場所など）を選択し、スマホで洋服を撮影すれば、それが似合うかどうか判断してくれる。たくさん写せばその中から最良のものを選定してくれた。ヒロが試しに使ってみると、自分でも似合うと思えるものが選ばれるし、冒険かなと臆するようなものでも、着てみると評判がよく、結局は満足することができた。どうやら「最良の選択」という名に間違いはないようだった。精度はもちろん、考えたり迷ったりする必要のないのがいい。ヒロはさまざまなものを選ぶことに使うようになった。
> 　アプリは日々更新され、新メニューが追加される。「自分に合った就職先」は、大学4年の就活時にタイミングよく更新された。新たな関連質問に答え、本社が入る建物の写真を撮るだけで、適性のみならず合格できるか、将来出世できるかも勘案して選択してくれた。その結果苦労することなく、優良企業に内定が取れて入社。日が経つほどアプリの選択に間違いはなかったと思えた。いまでは、従うだけで成功が約束される、人生に欠かせないアプリとなっていた。自分だけでなく世間で広く普及しているのは間違いない。買い物で品物をスマホでパチリ、レストランでメニューをパチリ、誰もが「最良の選択」を使っているように

見える。
　更新されたメニューの中には「自分にとって最良の恋人」と「最良の配偶者」というメニューもあった。恋人と配偶者が別メニューなのは、きっとそういうものなのだろう。早速に関連質問に答え、学生の頃からつきあっていた彼女を両方のメニューで撮影してみた。そして別れた。「排除したほうがよい邪魔者」というメニューはいささか世間を騒がせた。物騒な事件が数十件起こり、２週間ほどでメニューから消えた。もちろんヒロは消去される前に、上司、同僚、友人、知人を全て隠し撮りして"選択"しておいた。今後、何人かを陥れ、何人かと絶交するつもりでいる。
　メニューが追加される度に新たな設問が加えられていた。いまではヒロがどういう人間かは全てアプリに記録されていた。ヒロの個人情報の全てが登録され、アプリ利用者の人数は莫大なものとなっていた。とてつもないビッグデータだった。情報管理に対する不安が出てきたのも当前だろう。ビッグデータとアプリは国が管理することになった。国の管理になってからは公の事柄に関するメニューも追加されるようになった。たとえば選挙がある度に「自分に最良の候補者」メニューが更新される。候補者の公約もどんな人物かも調べる手間がいらない。選挙ポスターをパチリと写せばよいのだ。アプリのおかげでヒロの人生も、この国の未来も約束されたようなものだ。このアプリを使うことにしたことがなによりの「最良の選択」だったのだ。これでもうなにも選ばなくてよいのだ。

　あり得ない機能の道具を登場させていますが、ここでの工夫は未来の進歩した機械を登場させるのではなく現実に使われているスマホにしていることです。スマホにはスマホアプリによってさまざまな機能を持たせることができます。その点を利用して「最良の選択」をする専用機械にしています。現実にあるスマホの撮影機能を利用しているのも現実感覚を加えることになる

でしょう。

　このストーリーの発想はひとが生きるということを考えて絞り出したものです。私たちはたくさんの選択をし、自分で自分の人生を作り上げていきます。時には決定する際に迷い、辛いと感じるときがあります。選択結果がもたらした事態を見て後悔することもあります。誰も失敗したくはありませんし、決断の苦しみを背負いたくはありません。正解を確実に選ぶことができたなら、しかも、誰かに指示してもらえたならどんなに楽だろう。そういう考えから出てきたアイデアです。そのあとにどんな道具で実現させようかと思案し、誰でも気軽に使えるモノということでスマホアプリを思いつきました。

　反対にスマホとアプリからアイデアを練っていく道筋もあります。スマホの特徴や機能、どのような使われ方をしていて、どのような影響を個人や社会に与えているか、そこからストーリーアイデアにつなげていきます。

06-3●科学　VS.　超常現象

　SFには科学文明の限界や、科学では計り知れない人間の本質を問いかける作品があります。多くの場合に**超常現象**が登場します。超常現象は科学の対極にあると言ってよく、科学では説明できません。また滅多に起こることがありません。しかしそれは地球世界でのことで、地球以外の世界、つまり別の世界や別の惑星では、ごく自然な現象なのかも知れません。

　たとえばこんなストーリー。

> **Sample 06-3-1　再生の時**
>
> 　22世紀の地球。人類は自らの旺盛な活動によって危機に陥っていた。資源の枯渇、気候変動、食糧不足、環境汚染、新ウィルスの感染爆発。

> だが人類も指をくわえていたわけではない。科学技術を進歩させ問題を克服してきた、かに見えた。実のところは問題をさらに深刻化させるだけだったのである。
> 　人々の不安と閉塞感は極みに達した。やがて人々は幻を見始める。困難から逃れようと脳が変化したのだ。状況に合わせて進化したとも言える。見えるものはひとによってさまざまで反応もさまざまだった。幸福感に満たされ、あるいは恐怖から逃れるようにして人々はさまよい始めた。多くの者が野垂れ死に、多くの者が歩き続け海で溺れ死んだ。次第に人類は姿を消していく。地球は長い再生の時を迎えていた。

　超常現象が出てくるだけでは、ファンタジーかスリラーです。科学的な事柄が登場しなければSFにはなりません。登場させただけでもダメです。科学と相対することによって人間という存在が浮かび上がります。

SF2

作例と解説
連続スペースオペラ

07 ● 連続ドラマのパターンでSFを作る

　作り方の実例として、TVの連続ドラマもしくは連作の小説を作るようにしてSFを作ってみたいと思います。連続ドラマでは、基本設定と中心人物が変わらず最終話まで続いていきます。たとえば刑事ドラマであれば、ある所轄署のベテラン刑事とルーキーのコンビといったように、最終話まで基本設定は変わりません。設定とストーリーを幾つも一から作るのはたいへんですから、設定をひとつにして放送回、ではなくてエピソードごとにいろいろなタイプのSFストーリーを作る練習をしてみます。

　まずは基礎知識としてTVの連続ドラマの構成パターンを見ておきましょう。大きく次の3方式があります。

① **最終話完結方式**

　TVであれば"○回連続"となるドラマです。最終話でそれまであった課題を達成し、ストーリーが完結します。たとえば刑事ドラマなら事件が解決するといった主人公の目的が達成されます。出来事が次の出来事を引き起こす形で最終話まで続いていきます。普通の物語の作りですが、一話ごとに山場を作り、次回への関心と期待を高めるようにする点が異なります。視聴者に続けて見てもらう努力をするわけです。構成を図にするとこんな感じです。

② **一話完結方式**

　主要人物たちの基本設定がほぼ変わらず、毎回新たな出来事が起こってその回の中で完結していきます。その結果、衝突していた者同士が徐々に理解し

合っていくというように、人間関係などの設定が少しずつ変わっていきます。

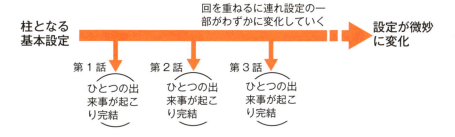

③ 最終話完結方式＋一話完結方式

①と②を会わせた構成です。ファンタジーで紹介したRPG方式と同じだと思ってください。

主要人物には最大の関心事や果たすべき課題、目的があって、新たに起こる別の出来事を毎回完結させてエピソードを重ねていき、当初からの課題を最終話で完結させてメデタシメデタシとなります。

一番分かりやすいのがTVドラマの『水戸黄門』シリーズ（第一話は1969年放送）でしょうか。

たとえば、遠方の○○藩でお家騒動が起こっているとの話を聞いた黄門さまが、騒動を鎮めようと、わずかなお供を連れて向かいます。途中立ち寄る土地でひと助けをしつつ、またお家騒動の黒幕が手配した妨害を排除しつつ旅を続けます。そのエピソードが放送される一回分のお話です。一話完結の回が続いて最終回には目的地に到着、騒動を鎮め旅の目的が達成されます。

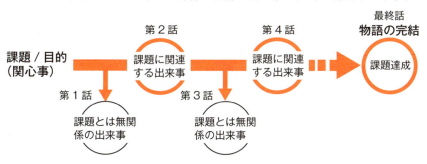

以上の3方式のうち②の方式を用いてSFを作ってみたいと思います。作るのは冒険ストーリーをSF化したスペースオペラです。スペースオペラと言ってもヒーローひとりが活躍するのではなく、宇宙船の乗組員(クルー)たちがチームで活躍する冒険ストーリーです。RPGのパーティーに似ていますが、ちがいはグループ内の役割分担がもっと明確で組織化されている点です。

　作り方はファンタジーの章で説明したものとそう変わりませんが、SFに応じた内容と注意点があります。

08●宇宙を旅する目的を決める

　主人公たちが乗る宇宙船はなぜ宇宙を航行しているのでしょうか。まずは航行目的を設定します。いかに科学が進歩したとしても、近所をぶらりとうろつくように宇宙船を飛ばすことはできません。費用と手間が掛かりますから、宇宙へ飛び出すにはそれ相応の目的があるはずです。

　大まかな目的は、地球上の移動手段である船舶を参考にして考えると思いつきやすいでしょう。地球上の船舶は次のように目的に応じて呼称されます。

　探検船／旅客船／観光船／移民船／難民船／奴隷船／輸送船／運搬船／通商船／交易船／貿易船／密貿易船／商業船／特殊作業船／外交船／特命船／資源探査船／調査研究船／観測船／海賊船／囚人船／警備船／工作船／逃亡船／軍船（軍艦）／補給船／病院船／競技艇／漁船／ほか

　熱狂的なファンを獲得した米国のSFドラマ『スタートレック』(1966-)の宇宙船エンタープライズ号は探検（深宇宙探査）船です。かといってひとつの大目的があるわけではなく、宇宙をパトロールし、指令があればその任

務を遂行し、遭遇したハプニングに対処していきます。軍艦として治安維持任務も負っているようで、艦長の個性もあって、たいていの出来事に首を突っ込んでいった感があります。となれば冒険には不自由しません。

　最優先の唯一の目的を持っていたのはTVアニメ『宇宙戦艦ヤマト』（1974-75）です。地球滅亡までに放射能除去装置を持ち帰る特命船といったものでした。寄り道している暇はないので連続ドラマの方式は①となり、冒険の内容は限られます。②や③の作りをするならお尻に火が点いたような状況ではなく、余裕というか、取れる行動にそこそこの自由度があるようにします。

　連続ドラマではなく一個の物語でしたが、『エイリアン』では宇宙貨物船が舞台となりました。運搬船や輸送船ならさまざまな星を訪れても不思議はありません。

　目的を乗組員たちの職業から決めてもよいでしょう。
　たとえばこういう設定。

> 　宇宙船「大黒天号」は宇宙のリサイクルショップだ。住民のいる星々を訪ねては中古品や廃品を買い取り、修理したり改良しては再生させ販売していた。宇宙では物資の入手が容易ではないために結構重宝されている。移動修理屋、移動工房、移動工作室といった宇宙船だ。

　彼らは宇宙を飛び回りながら商売をしています。宇宙船は商店であり、乗組員は従業員であって販売員です。なおかつ大黒天号は工場も兼ねており乗組員の中には工員もいます。宇宙の平和を守るとか、命を賭けて冒険するといったことではありません。商売が目的で、儲かるならどこにでも行くという設定です。半ば宇宙をうろついている感じにはできます。

　リサイクルショップにしたのは、補給が自由にならない宇宙空間でも物資不足に陥らないようにしたかったからです。ストーリーを進めるためにある品物が必要になれば、商売のノウハウで調達したり、再生修理技術で作った

りできるのです。そういう作者の都合も考えて、宇宙船の目的または乗組員の職業を決めます。

09●宇宙船のイメージを作る

　宇宙船をリサイクルショップにしたことで、宇宙船のイメージも少しは作れそうです。**アイデアからアイデアへ、イメージからイメージへとつなげるのがストーリー作りのコツ**です。

　まず施設として必要なのは大量の廃品や中古品を保管しておける倉庫。4次元倉庫が作れるほどには科学が進歩していないのです。修理や製作に使う各種工作機械と、それらが収まる工作室も必要です。大きな物や重量物もあるので運搬車か運搬ロボットが行き来する広さが欲しいところです。それともクレーンかベルトコンベアか。いろいろな装置と機械、ガラクタであっても映像作品なら活劇(アクション)シーンに使えそうです。ほかに図面や資料をきっと使うでしょうから資料室。商売で儲けたお宝とそれらを仕舞っておく金庫室もストーリーのネタとしては魅力です。なにが入っているかというと、実はカラッポだとか、あるいは解錠できずに"開かずの金庫室"になっていて中になにが入っているのか不明といったように、後々のストーリーに使えそうな設定に取りあえずしておいてもよいでしょう。

　こうした感じでイメージしていきますが、**イメージを全部固めることはしない**ようにします。精密な船内マップもしばらくはお預けです。あとにストーリーアイデアを思いついて、新しい部屋を船内に欲しくなるかも知れません。いざとなればストーリーの中で増築してもよいのですが。

10 ● 宇宙船の乗組員を設定する

　宇宙船の冒険物語の主要な登場人物は宇宙船の乗組員たちです。
　宇宙船は閉鎖空間に作られたひとつの社会となります。職場と家を兼ねており、乗組員たちは家族とまではいかずとも最も身近にいる存在であり、危機に陥ったときには唯一の味方となります。宇宙空間は無人ですし、訪れる星には油断のならない人物が一杯です。おいそれとは手助けを得られません。乗組員たちはたとえ仲が悪かろうとひとつの運命共同体を形作っています。

10-1 ● 乗組員の役割と人数を見当づける

　現実的考えに基づくなら大黒天号には船を動かす人数と商売をするための人数が必要です。ただし科学の進歩が操船に関わる人数を減らしているということもあって兼任は許されます。零細企業だったり人手不足であればひとり数役は当たり前かも知れません。
　参考とするために、それぞれについて必要な役割をまずは調べてみます。だいたい次のようなものでしょう。一般的な船舶や商売を参考にします。

宇宙船： 船長、航海士、機関士、通信士、甲板員、船医、料理番、主計員、雑役夫、戦闘員、ほか。
商売用： 社長、部長、店長、会計、販売、仕入、在庫管理、庶務、開発、製造、警備、ほか。

　全ての要員を設定しなければならないということはありません。ストーリー展開に応じてあとから追加したり、最初からいても影を薄くしておけばあとから設定を加えてストーリーの中で活躍させることができます。

10-2 ● 乗組員の経歴で作るストーリー

　役割分担とは別に乗組員のキャラクターも決めなければなりません。外見とか性格といった一般的な要素はもちろんですが、エピソードのストーリー作りでは次の要素がとりわけ大切になります。

① 乗組員の中では古参か、あるいは何番目に乗り組んだか。
② 乗組員になった理由または切っ掛け。
③ 乗組員になった以前の経歴と過去の因縁。
④ 乗組員になってからどんな活躍をしたか。

　乗組員同士の絆の深さ浅さ、量と質はこれらの設定でだいたい決まります。具体的にはこんな感じです。

> 　少女Ｂが大黒天号に乗り込むようになったのは5年前。内乱中のある惑星で商売をしていたときのこと、数週間単独で取引に出ていた船長のＡが連れてきた。船長は「俺の隠し子だ」と言ったきり詳しくは語らない。Ｂは自分の中に閉じこもっていた。ほかの乗組員と口を利くようになるまでに1年が必要だった。15才(自称)になったいま、身に付けた○○技能で乗組員を手助けしていた。

　年齢や性別など、ストーリーの展開にいまのところ必要としない要素は○○というように決めていません。ストーリーや演出上のアイデアを練りながら決めていくことになります。○○技能のレベルも"手助け"どころか"欠かせない戦力"に変更するかも知れません。さて読者の皆さんならどう設定していくでしょうか、ストーリー作りの練習のつもりで、決めていない要素をいろいろと自由に設定してみてください。そのために名前も先入観を持たないようにアルファベットにしています。

作例の中の少女Ｂに関わる設定のうち、ストーリー作りでより重要なのは、Ｂが連れて来られるまでの出来事です。それらのことは船長も当人もなかなか語ってはくれません。いつでも誰にでも語るようでは、物語の受け手の気を引くほどのありがたみがありません。たくさんのエピソードで綴られる大黒天号のような冒険物語では、タイミングよく効果的にエピソードへと仕立て上げます。

　物語の始まりから既に乗組員となっているキャラクターたちとは別に、始まってから新たに乗組員となる人物もいます。たとえばこういう人物。

> 　大黒天号は、宇宙空間で一隻の古い型の小型救難艇を拾った。乗っていたのは人工冬眠装置で眠る遭難者（男または女、または異星人）ひとりだけだった。目覚めさせた遭難者は記憶を失っていた。名前も覚えていない。とりあえずＡ船長はスミスと呼ぶことにして、次の寄港地で現地の当局に引き渡すことにした。だが行き場のない彼は結局のところ大黒天号の乗組員になる。

　新しく加わる新参者が主人公というストーリーはしばしば見られます。書き方をスミス（仮）の視点にしてみましょう。主人公らしくなります。

> 　目覚めるとむさ苦しい顔が目の前にあった。その男は漂流していた自分を拾い上げてくれた船の船長だという。だがなにも覚えていない。ひとりだけ救難艇の冬眠装置の中で眠っていたらしい。なぜそんなことになったのか、それどころか自分の名前すら思い出せない。呼び名がないと不便だと言ってスミスと名付けられた。次の寄港地で当局に引き渡すというから、そうなればなにかが分かるかも知れない。それまでは船内で働けという。タダ飯を食わせる義理はないと言って汚れた作業着を渡された。いったいこれからどうなるのだろう。心細さだけがつのる。

物語に新たな展開を与えたいときにしばしば用いられるのが、**新たなレギュラー・キャラクターの登場**です。連続ドラマのように物語が長く続くとなれば新鮮な空気を時々注入しなければなりません。逆にしばらく登場させなかったり、死んだり転属したりと退場させることもあります。

11●エピソードのパターン

　チームが活躍する一話完結方式の連続ドラマには、エピソードに幾つかのパターンがあります。それを宇宙船の冒険物語に当てはめてみます。

11-1●乗組員からエピソードを作る

乗組員を描くための作り方です。描き方には次のパターンがあります。

> ① 乗組員（メンバー）の活躍を描く
> 　正体不明の宇宙船が大黒天号に横付けし、武装兵士がなだれ込んできた。A船長は乗組員たちを指揮して防戦する。だが劣勢は明らかだった。そんなときに乗組員Dが敵船に乗り込み逆転打を放つ。

> ② メンバーになる以前の経験を描く
> 　戦乱の中をひとりで逃げ回っていた少女B。科学者だった両親は軍閥の首領に協力することを拒み殺されていた。Bは逃げ回りながらも復讐を果たすべく協力者を探していた。そこに現れたのがA船長だった。

③　メンバーになった切っ掛けを描く
　Ａ船長が取引をした軍閥の首領が残虐行為を繰り返す。そしらぬ振りをしていたＡが苦難に遭う少女Ｂを助け首領を退治する。船長は行き場のない少女Ｂを大黒天号に保護する。

④　メンバーの謎を解く
　正体不明の集団の船内への侵入を許した大黒天号。乗組員が奮闘する中、記憶喪失のスミスは逃げ回るばかり、ところが追い詰められてとてつもない力を発揮する。彼は一体何者なのか。

⑤　メンバー同士の現在の人間関係を描く
　宇宙を航行する大黒天号。何事も起こらない日常の船内。少女Ｂとスミスが倉庫の大掃除を命じられる。Ｂはスミスをこき使う。２人は片付けをしているうちに不可思議な物を発見する。

⑥　メンバーの絆（友情）を強める
　大黒天号はある惑星に寄航していた。スミスは護衛として少女Ｂの買い物に付いていく。ところがはぐれてしまい。とんだ事件に巻き込まれる、救ってくれたのはＢだった。スミスはますますＢに頭が上がらなくなった。

⑦　メンバーの確執（仲間割れ、対立、裏切り）を描く
　Ａ船長をうとましく思っていた営業部長のＥは、なんとか船長を追

い出しその座を奪いたいと思っていた。Eは内乱中の惑星で、船長に軍閥の首領へ品物を届けるように頼む。首領には船長の殺害を依頼していた。

⑧　メンバーの休日や日常を描く
　その日はひと使いの荒い船長から初めてもらった休日だった。とは言っても航行中の船内ですることは限られている。いろいろやってはみたが結局は船内をうろつくことになった。乗組員たちに邪険にされながら。

　思いついたものを挙げてみました。単独ではなく、複数のパターンが組み合わされることもあります。

11-2 ● 航行する宇宙船が遭遇することからエピソードを作る

　宇宙船が宇宙を航行しているとどんなことが起こるでしょうか。起こりそうな出来事を思いつくままに挙げてみると、こんな感じです。

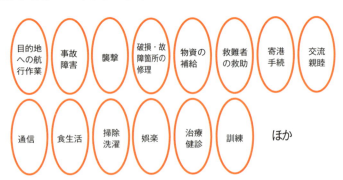

もう少し具体的にしてみましょう。たとえばこんなことが起こります。

#1	漂流宇宙船に遭遇し乗り移って調査をする。	
#2	惑星Xの管理官が入国審査のために乗船してきた。	
#3	宇宙船と遭遇し互いに乗り移って交流した。	
#4	救難信号を受信し惑星に着陸した。	
#5	航行中の宇宙船内に謎の人物が侵入し乗っ取られる。	
#6	惑星軌道上で宇宙船と衝突事故を起こした。	
#7	エンジンが故障し漂流することになった。	
#8	恒星の活動が活発になり影響を受けるほどの放射線がやってくる。	
#9	酸素と燃料が漏れ出てしまい補給が必要になる。	
#10	非常事態に備えた訓練をしていると本物の非常事態となる。	

ただしこれらは出来事が起こるための切っ掛けとなるだけです。エピソードとするには、別のストーリーを付け加えます。たとえば④ならこのように。

#4-1　救難信号を受信し惑星に着陸した。着陸してみると巨大な宇宙船があった。中に入って進むと大きな卵のようなものがあって…。

こういう映画はどこかで観たことがあります。これは冗談として次のようなお話も考えられます。

#4-2　救難信号を受信し惑星に着陸した。着陸してみると巨大な宇宙船があった。だが宇宙船には誰もいないし、異常も見られなかった。翌日、調査に同行したスミスが異常な行動をするようになった。幾つもの惑星語を話せるようになり、開発が頓挫していた技術の課題もあっさりと解決策を見つけ出してしまった。実は、肉体を持たない高知能の精神

生命体にからだを乗っ取られていたのだった。

#4-3　救難信号を受信し惑星に着陸した。着陸してみると巨大な宇宙船があった。宇宙船は植民船のようであり、数十人の生存者がいた。彼らは助けを喜び歓待してくれた。しかしその夜、彼らはひとが変わったように乗組員たちを襲ってきた…。

#4-4　救難信号を受信し惑星に着陸した。調査に向かわせた乗組員のＣとＤが返って来ない。船長はスミスと一緒に２人を探しに出る。しばらく歩くと小さな村が見えてきた。船長は驚く。そこは彼の故郷そっくりだった。ひとりの女性が現れた。思い出のあのひとに似ている。船長は夢の中にいるようだった。だがスミスは別の風景を見ていた。荒涼とした惑星の風景だ。そこに幸福そうな顔をした船長、そしてＣとＤがいた。彼らは思い出の中にいた。失敗した過去、後悔に染まった過去、それらが修正され、かつて望んだ姿となって現れていた。記憶喪失のスミスには後悔も修復したい心の傷もなかった…。

　ひとを呼び寄せる救難信号を切っ掛けにして、大黒天号の任務（商売）とは無関係なエピソードが始まります。3つの作例が示すように内容は自由です。作例は、ありがちな内容というか、パロディーのような感じにしています。最初の作例 #4-1 などは、映画の『エイリアン』をすぐに思い浮かべます。"卵のようなものがある"だけで思い浮かべるのですから大した作品です。ちょっとしたことで思い浮かべてもらえるような物語を作りたいものです。
　作例 #4-3 は古くからあるパターンと言ってもよいでしょう。#4-4 はいかにも連続ＴＶドラマにありそうです。が、肝心なのは作例内には書かれていない、スミスが船長たちを正気に戻す方法です。物語として、SFとしても、鑑賞者が納得できる内容にしなければなりません。

宇宙空間ではなく惑星に滞在していることもあります。

#11　-200度の夜が来るまでに地下都市にたどり着かねばならない。
#12　誤解されて惑星の住人の娘と結婚するハメに。
#13　2派に別れて抗争する住人たちの争いに巻き込まれる。
#14　補給品を売ってもらえず、交換条件で危ない橋を渡ることに。
#15　上得意客から傍若無人な子どもを預かることになる。
#16　惑星の現地官憲が突然に大黒天号を接収し乗組員を拘束する。
#17　地震、竜巻、火山噴火が次々と調査中の乗組員たちを襲う。
#18　ギャング団の人質になった乗組員の救出に向かう。

11-3 ● 宇宙船の任務（目的）からエピソードを作る

大黒天号には動くリサイクルショップとしての任務（目的）があります。そのための活動には次のようなものが考えられます。

中古品の購入（仕入）／のみの市を開催／お得意様に訪問販売／お得意様を接待／注文品の探索と入手／商売敵との競争／購入品の修理と改造／回収部品で発明

骨董品や絵画の鑑定／監査ノルマ／給料の支払い／採用処分査定研修／資金繰り、帳簿管理／出世競争／ほか

ここからエピソードを考えると次のようなものが考えられます。

> #1　中古品の仕入をしていたら思わぬお宝に遭遇。
> #2　天幕を張って中古品市を開催したところ客が殺到して大忙し。
> #3　商売敵に得意客を取られそうになり戦闘状態に入る。
> #4　給料をもらって外出したら羽目を外して留置所に全員集合。
> #5　大黒天号は実は総合企業"福屋"の支店。監査を受けるために本店へ。
> #6　乗組員に欠員が生じたので入社試験を実施。
> #7　ノルマ達成を督促するために本店からEが出張してくる。
> #8　最優良支店の"弁財天号"の女船長はなぜか問題支店の大黒天号を敵視。

　普通の会社で行われていることがアイデアのネタになります。そのネタを誇張したり発展させていけば、ストーリーアイデアはさらに増えていきます。作例の#5のように、一匹狼と思っていた大黒天号が実は支店であったり、社内でのライバルや暗闘を登場させれば新たな展開が開けます。シリーズ作品のように物語が長く続くときにはこうした新展開で新鮮さを保つことができます。

　さらに、本業となる商売とは別に裏の稼業のようなものを持っていると、より複雑な事態や人間関係を持ち込むことができます。たとえばこのように、

> #9　極秘任務を担当している大黒天号は営業不振でも閉鎖されない。

　冴えないサラリーマンとして勤めながら裏では…、というのはよくある話ですが。普段はおちゃらけて商売していても、いつでも物語に緊張の糸を張れるという仕掛です。このようにすれば物語にメリハリが出てきます。
　特殊任務には次のような危ない橋が考えられます。多くは非合法だったりします。

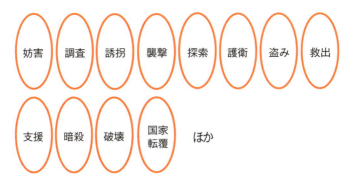

特に裏稼業はなくとも、自分の哲学で行動し、時には権力を出し抜くといったものでもよいのです。会社であればこんな感じです。

#10　A船長は本社役員との暗闘を続けながら自分の正義を貫いていた。

11-4 ● 演出と描写のパターンからアイデアを得る

以上のさまざまなエピソードに、演出につながる汎用的なストーリーパターンを組み込めば色合いの異なる一話一話を作ることができます。たとえば時間制限を設けたサスペンスストーリー。

A船長とその宿敵とも言える商売敵に対し、客は金に糸目を付けないと言い切った。ただし、とにかく急いでいるので。指定した時間までにいち早く届けてくれたほうの品物を買うとも。A船長は商売敵よりも早く、かつ時間までに商品を届けるべく、大黒天号の全能力をもってあたるよう厳命した。急げ急げとにかく急げ、そして妨害もしろ、である。乗組員たちは特別ボーナスに目がくらみ、操船と妨害に血眼となった。

時間との競争だけでなく、ライバルも登場させてみました。敵役との競い合いもひとつのストーリーパターンです。
　時間制限は小さなことにも使えます。次の作例では下線部分の一場面に用いています。

> 　本社から派遣されてきた監査役は、帳簿通りに商品の在庫があるかを確認すると言う。もちろん帳簿とは合わない。あったものがいつの間にか消えてしまうのが大黒天号の倉庫なのだ。乗組員たちは、監査役が別の倉庫に移動する間にひとつの在庫品を別の倉庫に移したり、あるいはトリックを使っては数合わせをしようとする。なんとかキツイ監査をやり過ごせそうになった時、努力を台なしにするような失敗が…。

　まったく別々に描写する群像パターンを用いてみましょう。給料日で町に散っていった乗組員たちのそれぞれを描写します。

> 　Ａ船長は大黒天号で飲んだくれることにした。少女Ｂは町の図書館に向かう。スミスは見物して回ることにし、ＣとＤは歓楽街へ一直線。Ｅは趣味の魚釣りへ。だがそれぞれにトラブルに見舞われ、最後は留置所の檻の中。その頃Ａ船長は高いびきだった。

12●エピソードを組み上げる

　アイデアがいろいろと湧いてエピソード作りの目途が立ったなら、ひとつの大きなストーリーに組み上げます。

　まずは始まりを決めます。一般的に複数のメンバーからなるチームが活動するには、だいたい次の経緯を辿ります。チームの活躍を描くストーリーの基本パターンと言ってよいでしょう。

　たとえば甲子園出場を目指す野球チームに当てはめてみるとこうなります。

　ここでは宇宙船の冒険物語ですから当てはめると次のようになります。

　このままストーリーの構成とすれば、起承転結のはっきりとした特殊部隊の物語になります。

この構成がつまらないという場合には時系列を入れ替えます。

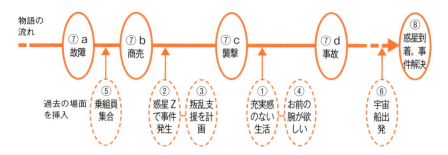

起こった順に組み立てれば、ごく普通の物語となります。しかし上の図のように順番を入れ替えて物語を始めることもできます。現在の活動が進行する中で、順に過去の事件を挿入していきます。そうすれば、なぜ宇宙を航行しているのかといった目的やそれまでの経緯が伏せられたままとなり、それが謎となって物語の受け手の興味を引き続けます。

大黒天号は特殊部隊ではありません。ただ商売をするための集団です。結成時からたどっていくと当たり前ならこうなります。

たとえば大黒天号が現在に至るまでには次の経緯がありました。

#1 A船長は失業中。ほかのメンバーもそれぞれの生活を送っている。
#2 A船長が金に困って中古品を売ったところ思わぬ高値で売れる。
#3 リサイクルショップの事業を始めることにする。
#4 詐欺まがいで資金を手に入れオンボロ宇宙船「大黒天号」を買う。

#5 さまざまな乗組員メンバーを集める。
#6 一旗上げるべく大黒天号出発。
#7 数々のトラブルにも関わらずなんとか商売を軌道に乗せていく。
#8 今日も今日とて宇宙で行商。

しかしこれではただの企業ストーリーです。そこで特殊任務を引き受けた連中にそのまま商売を始めさせます。時系列で図にすればこうなります。

少し具体的にするとこうなります。

#1 A船長は失業中。ほかのメンバーもそれぞれの生活を送っている。
#2 惑星Zで惑星政府への叛乱が起こる。
#3 宇宙連邦が秘密裏に介入すべく特別任務を総合企業の福屋に依頼。廃棄間際の大黒天号で亡命中の反政府リーダーを惑星Zに送り届ける。
#4 福屋がA船長ほかのさまざまな経歴のメンバーを集める。
#5 メンバーの乗組員が集合。
#6 大黒天号出発。
#7 数々のトラブルにも関わらず商売を装いながら目的地の惑星Zへ。
#8 惑星Zに到着し反政府リーダーを叛乱軍に合流させる。
#9 叛乱を手助け。新政府成立につきチーム解散。A船長ら一部は福屋の下で大黒天号に残り商売をしつつ裏稼業開始。

↓

#10 宇宙空間で記憶喪失の若者（仮称スミス）を保護する。

　過去には惑星Zでの活躍があったことにします。事件解決のあとはチームが解散し、A船長と一部のメンバーが偽装に用いていた商売（リサイクルショップ）をそのまま続けることにしました。

　さらに秘密任務とは縁が切れておらず、時折、福屋本店から指令が届きます。つまり大黒天号の普段の目的は"商売"。時折"秘密任務"の裏稼業が入ってくるのです。

　商売と秘密任務、それらのためにする宇宙空間の移動、さらにそれらとは無関係に起こったり、巻き込まれたりするエピソードで物語を組み立てていくことになります。図にするとこうなります。

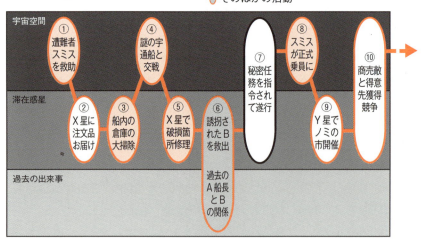

より具体的なエピソードにして以下に並べておきましょう。

① 航行中に小型救難艇から記憶喪失の若者を救助。スミスと名付ける。

② 惑星Xに立ち寄り注文の品を納品する。大黒天号の商売振りを紹介。

③ スミスがBにこき使われて大掃除していると不思議なトランク発見。

④ 謎の宇宙船と遭遇。武装兵士が侵入してくる。スミスの活躍で撃退。

⑤ 襲撃による損傷修理のために惑星Xに逆戻り。休暇で全員羽目を外す。

⑥ Bが営利誘拐され救出する。BとA船長の過去の関わりが明かされる。

⑦ 本店からの秘密任務指令で某惑星で要人保護。

⑧ スミスの過去が一部判明。行き場を失い大黒天号の乗員となる。

⑨ Y星で骨董と中古品の市を開催。大忙し。スミスこき使われる。

⑩ 得意先の困難な注文品探しで商売敵と争う。

新たな展開その1「本社役員との抗争」

A船長とは犬猿の仲の本社役員Mが監査役として出張してくる。

上得意客の娘をしばらくあずかる事になり乗組員が翻弄される。

本社から召喚命令。本社役員Mの一派が会長派の失脚を狙い画策。

新たな展開その2「社内のライバル」

救助要請の惑星に駆け付け、先着していた僚艦の弁財天号を助ける。

弁財天号の女船長と協力して惑星の内乱勃発を防ぐ。

大黒天号が休暇に入る。女船長との宿縁がやや明かされる。

以上のようにこの章では冒険ストーリーをスペースオペラに仕立ててみました。どうでしょうか。SFストーリーを作れそうな気がしませんか。魅力的な設定を作ることことさえできれば、出来事や事件を変えることでシリーズ化することもできます。

ヒューマンドラマを作る

ヒューマンドラマって どんなストーリーですか？

"ヒューマンドラマ"とはしばしば聞く言葉です。ある内容を持ったストーリー作品を言い表すときに用います。いわゆるカタカナ言葉で、厳密に意味を問うことなくニュアンスで用いられることが多いように思えます。本当のところはどういうジャンルの作品群のことなのでしょうか。

"ヒューマンドラマ"とは直訳すれば"人間の物語"？ いやいや、それでは人間が登場していればよいということになってしまいます。

では、「人間らしさのある物語」？ そういうことのような気もします。しかし「人間らしさ」を人間のどんな性質と考えるかは意見が分かれるところです。よい性質があれば悪い性質もあるでしょう。どちらの人間らしさのことでしょうか。"ヒューマンドラマ"とは、人間が持つと考えられる精神のうち正の面、善の面を主題とした作品のことです。「ヒューマニズム溢れる作品」としてもよいでしょう。

ここでの"ヒューマニズム"とは、「人間を尊重する精神」、「ひとにやさしい心」です。つまり"ヒューマンドラマ"とはひとのやさしさが描かれた心温まる内容の作品のことです。この本では、この意味でヒューマンドラマを捉えることにしましょう。広く捉えたほうがストーリーを作りやすいからです。

しかし、これまでヒューマンドラマの作品を読んだり観てきた経験からすると、厳密にはもっと狭いような気もします。ヒューマニズムという言葉は意外と難解で、辞書を引いてみても人文主義だの、人道的だの、人間が持つ自己救済力だの、人間性の回復だの、いろいろな意味合いが並んでいます。それらを参考にしても、経験的にも、"ヒューマンドラマ"は「癒し」を与

えてくれる物語だと言えます。もっと言うなら、**魂を救済し、ひとを再生し、新生させる力を持つ作品**が"ヒューマンドラマ"だとも言えます。それは「人間が大好きだ」と叫びたくなるような作品です。"ヒューマンドラマ"を和訳するなら「**人間賛歌**」ということになるでしょうか。

　というのは、少し大袈裟なので、トーンを落とすなら**ひとを幸せな気持ち、満ち足りた気持ちにしてくれる物語**が"ヒューマンドラマ"です。鑑賞後の感想としては「心が幸福感で満たされ、感謝したい気持ちになる」作品です。善良なひとたちが登場する人情話というだけではヒューマンドラマにはなりません。

　でも、心を癒したり、幸せにしてくれるストーリーって作るのが難しそうです。

　そこでやはり広い捉え方をし、本書では次のように捉えるとします。

① **読む者・観る者を癒し、救済し、再生させる物語。**
② **ひとにやさしい心温まる人情ストーリー。**

もっと広げてしまいましょう。

③ **善意の行動でひと助けする娯楽作品。**

　これらは、言わばヒューマンドラマ度の程度による区別です。この3種に分けて作り方を考えていきます。基本構造に用いるストーリーパターンは、しばしばアウトロー的なアクションストーリーに用いられる"流れ者"パターンです。余所者が流れてきて感動をもたらすそうしたパターンはヒューマンドラマでも使われます。

H1

ヒューマンドラマの作り方

01●ヒューマンドラマに欠かせない要素

"ヒューマンドラマ"は、ひとびとの交流によってひとが窮地から救われるストーリーです。そこに下心があってはダメで、それは見返りを求めない善意の行動でなければなりません。その結果、ひとは感動し物語の登場人物だけでなく、物語の受け手自身も救われることになります。これらを前提にしてヒューマンドラマにある重要なストーリー要素を考えてみましょう。

① 救い出す側の人物

　行き詰まった状態にあるひとを救い出すストーリー上の役割を持つ人物です。スーパーマンのような人物ではいけません。人格や能力に優れた部分はあるものの世間では見掛けることのできる人物です。ひと並みな人物、あるいは一部の技能などがひとより上だけのひと並みの人物です。道徳心はありますが、ガチガチに凝り固まっているのではなく、柔軟さと寛容さを持っています。いい加減さとしても構いません。欠点もひと並みにある人物です。

　逆に不道徳で世間の鼻つまみ者や世をすねた人物の場合もあります。しかし善人の部分が心の底にあります。どちらの人物にしろ善意を押し売りするような人物ではありません。どちらかというと、相手が抱えている問題は自分の問題ではないと距離を保とうとします。ところが救い出される側の人物との交流が進む中でひとのよさや義侠心がむくむくと頭をもたげてきて手を差し伸べてしまいます。

② 救い出される側の人物

　行き詰まっています。なにに行き詰まっているか、抱えている問題もしくは解決すべき課題（③項）が、このキャラクターを設定する際の最優先・最重要ポイントです。それによって性別や年齢、家族構成、社会的地位などのキャラクター設定が決まってきます。

人物の人格として大切なのは**目の前にある課題に対し誠実に対処している**ことです。一方で自力だけでは解決困難だとも分かっています。**支援が必要**で、実際にいままであちこちに支援を求めてきたかも知れません。でもどこからも支援を受け入れられずにいます。あるいは自分の勤めを果たすことに一所懸命だったり、自分の信じるやり方にこだわりすぎていて、端から見れば意固地に支援を拒んでいるように感じられる場合もあります。それでも決して投げ出すつもりはなく自分の勤めを果たそうとしています。それでも**迷い**はしますし、行き詰まりの状態に**疲れてもおり、孤独**です。

③　行き詰まっている課題と解決方法

　②の人物は問題や課題を抱えて行き詰まった状態にあります。それらは取り立ててドラマティックで悲劇的な状況ではありません。たとえば「人身御供として怪物に差し出される」といった冒険物語にあるような課題があるわけではありません。娯楽作品にするなら危険を伴う劇的な課題にしても構いませんが、ヒューマンドラマ度は低下するでしょう。

　ヒューマンドラマで見られる課題は、**日常的に誰もが陥るような困った状態、仕事や生活をする中で生じ、解決されるべき課題**です。かといって**自力だけで解決するのは難しい状態**にあります。救い出す側の人物は成り行きで、あるいは見かねて関わるようになります。

　ストーリーではめでたく課題が解決されますが、その方法は暴力を用いるなど批難されるようなものであってはいけません。少なくとも**物語の受け手が許容する解決方法や手段**でなければなりません。

④　互いの関係

　①と②の人物の人間関係です。知り合いであっても構いませんが、互いによくは知りません。少なくとも①の人物は、②の人物が抱える③の課題については、ほとんどと言ってよいほど知りません。ストーリーでは、①の人物が②と③に関わるにつれて**心の交流**が進み、人間関係も深まっていきますが、当初は希薄な関係です。交流の深まりを印象づけるにはゼロから始めるのが

効果的です。中でストレートに分かりやすく用いられるストーリー構造が、ぶらりと訪れた流れ者がそこの住人を助けるパターンです。

知り合ってからは、無関心または対立・反発、そこから心の交流によって好感を抱くようになり、最後は友情と信頼を持つようになります。

なお、救い出す側と救い出される側の両者または片方が、ほのかな、あるいは深い恋愛感情を持つ場合には、下心があったと思われないようにします。

次節からはこれらのストーリー要素を元にして、ヒューマンドラマのストーリー構造を見てみます。挙げるのはヒューマンドラマでしばしば使われるストーリー構造、いわゆる"流れ者"パターンです。

そのあとで深度の異なるヒューマンドラマ3種について"流れ者パターン"を元に見ていきます。

02●流れ者が作るヒューマンドラマ

ヒューマンドラマに用いられるストーリー構造のひとつが、"流れ者"が引き起こす物語です。見知らぬ者同士が出会い、ゼロから交流を始めて人間関係を深めていく過程は、物語の受け手にとっては分かりやすい起承転結のはっきりした作りと言ってよいでしょう。ラストでは強い印象を残す場面も作りやすく、ヒューマンドラマにしやすいと言えるかも知れません。

02-1●流れ者が作るストーリー

"流れ者"とは、あちこちの土地を流れ歩くひとのことです。どこからともなくやって来て、しばらく滞在することはあっても、やがては別の土地へと

流れていきます。旅行者と違う点は、旅の目的も行き先も確たるものがないことです。帰る家はなく、訪れた土地に暮らす人々からは"余所者"とされ、面倒事を起こさないかと警戒されて疎まれる存在です。余所者の中でも、居を構えずに転々とし、土地やコミュニティー（共同体）に根付かない余所者が"流れ者"です。

"流れ者"と同様の言葉に"風来坊"があります。彼もまたやって来ては去っていきます。"風来坊"はコミュニティーに定着できないのではなく、定着したくないと自ら考えている流れ者です。流れ者がどちらかといえばスネに傷持つ感のある一方で、こちらは「風」の文字が表すように、風のようにやって来て、風のように去っていくさすらい人、気まぐれな自由人といった感じです。トーベ・ヤンソン作の『ムーミン』シリーズに登場するスナフキンなどは風来坊と呼んでもよいでしょう。

こうした流れ者や風来坊がたまたま訪れた土地で巻き起こすストーリーがあります。ストーリーの展開パターンを図にすると次のようになります。

流れ者パターンの基本

流れ者がやって来て、その土地の人々に関わり、ストーリーが展開して、そして去っていくというものです。便宜的にこの本では「流れ者パターン」と呼ぶことにします。展開するストーリー内容はおおむね2つです。それぞれについて見てみましょう。

02-2 ● 来て、解決して、去る

　ひとつは「来て、解決して、去る」。その土地で起こっている問題(トラブル)を解決し人々が救われるパターンです。

　ぶらりとやって来た流れ者は、当座はクールに素知らぬ風を決め込みますが、やむなくトラブルに巻き込まれ、次第に深入りし、最後は問題や課題を解決。人々に何らかの感慨を残して立ち去ります。

　図にするとこうなります。

問題を解決して去る流れ者パターン

　このストーリー展開がシンプルに用いられ、それゆえに印象づけられる米国映画がG. スティーヴンス監督の『シェーン』(1953) です。とても古い映画ですが、著者が思いつく限り流れ者パターンが最も分かりやすく、かつこんなに昔からパターンがあったということで例に挙げておきます。若い読者は鑑賞したひとが少ないとは思いますが、お爺ちゃん世代にはよく知られた西部劇映画です。題名は主人公であるさすらいのガンマンの名前です。遠ざかるシェーンの後ろ姿に、少年が「シェーン、カムバァァァック」と呼び掛けるラストシーンのことは、若いひとでも聞いたことがあるかも知れません。

劇場用アニメの宮崎駿監督『ルパン三世　カリオストロの城』（1979）は、世界各地で盗みを働く流れ者の大泥棒が、いかにも流れ者風に問題を解決して去っていくお話でした。

　ルパンがカリオストロ公国にやってきたのには盗みを働くという歴とした目的がありました。問題を解決するのではなく問題を起こすためにやってきたのですが、最後には公国といたいけな姫さまに降りかかっていた問題を解決して去っていきます。ラストシーンも流れ者パターンの結末としてひとつの見本のようになっています。娯楽性の高い作品ですが、ヒューマンドラマとしてもツボを押さえた優れた作品となっています。

02-3 ● 来て、問題を起こして、去る

　もうひとつのパターンは、「来て、問題を起こして、去る」です。やって来た流れ者が原因で問題が起こり、人々のそれまであった平穏な暮らしが乱されるパターンです。

問題を起こして去る流れ者パターン

　たとえば次のようなストーリー。

> **Sample 02-3**
>
> 小さな町の因習や、家族からの圧迫などに唯々諾々として従っていた人物が、流れ者が挑発するようにして引き起こす災難を受けて次第に目覚め、自らを開放し、新生する。

　流れ者が問題を起こしますが、そのままストーリーがメチャメチャなまま終わるということはありません。なんらかの落着を見て終わります。このパターンでの流れ者の役割は、コミュニティーや個人の表面化していなかった問題をあらわにし解決する端緒をもたらすということになります。解決するのは住人やその個人です。

　流れ者が身内の場合には"**父帰るパターン**"となります。
　このパターンは、家を出て長く行方知れずだった家族（身内）が、ある日突然に帰ってくるというものです。流れ者ではありませんが、それまでいなかった者が突然にやって来て騒動が起こるということでは同じ作りです。

帰って来た流れ者のパターン

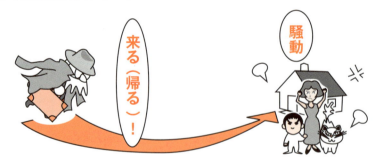

　帰ってくるのは父親ではなく、若い男と逃げた母親のこともあります。突然に存在が分かった異母姉妹が引き取られてくることもあります。多くは、

長い不在と突然の出現、家族のとまどいが描かれます。ヒューマンドラマではなく、家族の愛憎を描くドラマにすることもできます。いずれにしろ「家族とはなにか」を考えさせられるストーリーとなります。

帰ってきた家族は、やはり「居残る」よりも「去る」ことのほうが多いように思えます。去り方には「死んで去る」ことも含まれます。

突然に存在が分かった新たな身内の場合には、居残って一緒に暮らす、新たな人生に向かって旅立つ、といった終わり方が心落ち着く結末となるでしょう。

 ## 02-4 ● 流れ者は去らねばならない

「来て、解決して（救って）、去る」ストーリーパターンで**大切なのは流れ者が最後には立ち去ること**です。

悩ましい問題を解決してくれたのですから、うさんくさい余所者だった人物も、いまやみんなのヒーローです。救われた人物も土地の人々もその地に残ってくれることを望むかも知れません。だとしても、彼は立ち去らなければなりません。立ち去って、**残る者の心になんらかの思いを残していく**のがヒューマンドラマの流れ者なのです。

去る理由と理屈はさまざまです。お尋ね者で迷惑をかけるから。ひと所に住むことが性に合わないから。自分がいないほうがうまくいくから。しょせんは余所者だから。自由を愛するから。といった具合です。キャラクターに設定された当人なりの理由や理屈があります。

男のやせ我慢も大切です。自分にこだわり、自分のルールにのみ従うのが流れ者のダンディズムです。流れ者の基本はハードボイルドです。

それでも流れ者が居残り、その土地に住み着く場合もあるでしょう。「来て、

解決して、去らない（居残る）」のです。ラストをまったくのハッピーエンドに変更したアレンジパターンと言えます。とりわけ、救い出した者と救われた者が、互いに恋愛感情を抱いた場合には居残ることが有りとなります。この結末は流れ者に感情移入し好意を持っている物語の受け手にとっては喜ばしいことです。幸福な感動を得られることでしょう。ヒューマンドラマとしてはそのほうが完結します。

去らない流れ者パターン

　ただしそのためには流れ者のキャラクターと、彼と密接な関わりを持つ人物たちの設定、そして作品中での描き方にとりわけ注意が必要になります。作品の受け手が流れ者の「居残る」ことに納得するようでなければならないからです。また土地の住人たちも彼が留まることに納得しなければなりません。土地に住み着くだけでは余所者のままです。共同体（コミュニティー）に受け入れられて始めて余所者ではなくなります。その辺りのことで納得させるのは、流れ者が「去る」ことを納得させることよりも難しいでしょう。

　具体的には、流れ者が「土地に落ち着いて幸せになってほしい」と思える人物でなければなりません。なおかつ居残ることで、当人ばかりか周囲の人間も幸せになるようでなければなりません。「こいつ居着いたりして大丈夫かな」と思わせるようではいけません。「住み着くと後々問題が起こりそう

な感じだよね」と思われるようではハッピーなラストにはなりません。まし
てやヒューマンドラマにはなりません。そのため映画のように生身の人間が
登場する表現媒体では、演じる俳優さんに大きく左右されます。

 ## 02-5 ● 流れ者の職業

"流れ者"と聞いて、すぐに思い浮かべる人物像がアウトローです。西部劇
のガンマン、逃亡中の犯罪者、時代劇の無宿渡世人、などが代表でしょうか。

無宿渡世人　　　償金稼ぎのガンマン

"アウトロー"（法の埒外）とは、社会秩序の外にいて法の保護から外され
た者のことです。今日では常習的に法を犯す犯罪者（無法者）のことをもっ
ぱらアウトローと呼ぶことが多いようです。ヒューマンドラマでは彼らの心
に秘められている善意、あるいはわずかに残る善意を引き出さなければなり
ません。

　職人のように職業上の必要から各地を渡り歩くひとも、流れ者扱いされる
ことがあります。中には、**定住地があって、自分の地元では評価が高い職業
人が流れ者パターンで活躍**する場合もあります。
　巻き込まれ型のパターンと組み合わされたストーリー例を挙げておきま
しょう。主人公は流れ者でないだけでなく、その土地を訪れる気もさらさら
ありませんでした。なのに**巻き込まれて無理矢理に流れ者パターン**に引きず

り込まれた例です。古い映画ですが著者お気に入りの作品です。

　米国映画『夜の大走査線』（N. ジュイソン監督、1967）は、アメリカの大都市の敏腕黒人刑事が、流れ者パターンの中で事件に巻き込まれ、南部の田舎町で起こった殺人事件を解決します。彼が田舎町にやって来たのは流れ者としてではありません。旅行者としてでした。しかも田舎町を訪れたのではなく、ただ列車待ちのために夜の無人の駅に降り立っただけでした。それが折しも起こった殺人事件の容疑者にされてしまいます。見知らぬ余所者だったからというだけではありません。人種偏見が強い南部でのことです。黒人であったために得体の知れない流れ者とされて殺人犯（の容疑者）にされたのでした。しかし刑事と分かって開放され、いやいやながら事件に協力することになります。

　と、これだけでは普通のミステリー（社会派の）かも知れません。しかしヒューマンドラマの面もあります。捜査中にあらわにされる偏見や、感情の衝突が人間ドラマを生み出します。とりわけ町の白人保安官との関係はこの映画の核となっています。傲慢で部下からも嫌われる孤独な白人保安官との感情のぶつかり合いは、とうてい心温まるものではありません。救いがないのでヒューマンドラマとは言い難いのですが、しかしそれでも互いの心の奥底をのぞき見た者同士の交流感が最後には残ります。ヒューマンな味わいを残す娯楽作品。いえ、娯楽作品とも言えないので、娯楽性の高いヒューマンなストーリーという感じです。

03 ● 新参者の物語

"流れ者"ではなく、ひとつの共同体に新たに所属するためにやってくる人物の物語があります。いわゆる"新参者（しんさんもの）"です。中には初々しい新人もいますが、必ずしもそうとは限りません。ベテランが左遷されてきても新たな部署では新参者です。しかしパターンとしては流れ者パターンと同じ構造です。

> 荒れた学校にやってきた新任の熱血先生が、生徒や学校とぶつかり合いながらスポーツの力で生徒たちを立ち直らせる。

学園ドラマに見られるストーリーパターンです。

ある共同体（コミュニティー）に所属していなかった人物が、新参者としてその共同体に所属すると、共同体員からは2つの呼び方のうちどちらかで呼ばれることになります。ひとつは"仲間"。共同体に受け入れられ相応のもてなしが期待できます。

もうひとつが"余所者（よそもの）"です。共同体の秩序を乱し、面倒を引き起こすと見なされると、仲間として来たはずなのに"余所者"とされ、途端に距離を取った対応がなされます。余所者の第一の特徴は"共同体の習慣やルール、暗黙の了解を知らない、あるいは上の新任教師も多分そうでしょう。理解しようとしない点です。このことから余所者は"それまでの秩序を乱す者"と見なされることにもなります。

上の新任教師の物語ではどうでしょうか。荒れた生徒を前にして、以前から勤務している同僚の先生方はやる気がありません。そのため熱血先生は生徒からも先生からも小うるさい"余所者"と思われ疎まれます。でも熱血先生は挫折しつつも学校を変えていきます。

余所者が新たに共同体に入ってくると、来たほうも来られたほうも共にとまどいはしますが、作例のストーリーでは、余所者パターンの中でも、どち

らかと言えば"**社会のほうが余所者にとまどう**"パターンと言えます。

> 交番勤務から新たに配属されてきた新人刑事が、刑事という仕事にとまどいながらも、一癖もふた癖もある先輩たちにもまれ、成長していく。

こちらの作例は、"**やってきた余所者のほうが社会にとまどう**"パターンです。またどちらとも言えない"**余所者も社会も同じくらいにとまどう**"パターンもあるでしょう。たとえばこんな感じです。

> 左遷されて営業成績不良の支店にやってきたサラリーマンが、やる気のなかった支店員を盛り上げ、営業成績を飛躍的に向上させると共に、自分自身を再生させる物語。

先の新任の先生や、この作例のサラリーマンのように、新参者が新たに所属した組織や共同体に新風を吹き込み、再生するパターンはヒューマンドラマではよく用いられます。そのことが約束されているわけではありませんが、新参者の結末はハッピーエンドで終わって欲しいものです。

ハッピーエンドの新参者パターン

04 ● 魂を癒してくれるヒューマンドラマ

　ワタシたち人間はさまざまな傷を負いながら生きていきます。時に疲れ、道に迷い、希望を失い、人間の罪や業に打ちのめされます。そんな人々に人間への信頼や希望を回復させ、傷ついた魂を癒し、再生してくれるのが代表的なヒューマンドラマです。

　いささか大袈裟です。しかし狭い意味では、物語の受け手たちを満ち足りた気分にさせる人間賛歌がヒューマンドラマです。作るのが難しい上に、今時は流行らないのかも知れませんが。

04-1 ● 宗教と関わるヒューマンドラマ

　ヒューマンドラマには宗教的（特にキリスト教的）な設定がしばしば用いられます。魂を救済するのだからそうなる、というよりは、宗教関係者であれば、素直に完全な善意や慈愛を期待できる、ということかも知れません。

　米国映画『野のユリ』（R. ネルソン監督、1963）は、土地土地の工事現場で働きながら各地を渡り歩く風来坊の黒人青年と、ヨーロッパからアメリカの不便な片田舎へと渡ってきた尼僧たちとの心の交流を描いた映画です。

　この映画の黒人青年は有能な建設労働者です。自分の技能を各地で売って歩く職人と言ってもよいでしょう。ぶっそうな稼業ではありませんし、スネに傷もありません。心に大きなトラウマがあるわけでもありません。根のない生活と人生を送っている風来坊ではありますが現代の普通の若者です。

　そんな若者がひょんなことで尼僧たちと知り合います。敬虔な信仰心だけを頼りに身ひとつで異国へとやって来た尼僧たちです。お金もなければ自動車も持ちません。その上、慣れない異国の広大な土地での生活です。信仰心

だけを頼りに清貧な暮らしを送りながら神に奉仕し、神の下で信徒たちの信仰生活を支えようとします。

　青年はお世辞にも信仰心が篤いとは言えません。尼僧たちには常識的な敬意を払い、小さな親切心も持っていますが、得にもならないことに関わりを持ちたいとは思いません。ところが俗世と随分とずれている尼僧たちのペースに巻き込まれ、危なっかしさを放ってもおけず、次第に深入りしていきます。関わり合いになりたくないけれども結果的に関わってしまった、というのがヒューマンストーリーによく見られるパターンです。結局のところは親切な善人なのですが親切の押し売りはしません。

　ヒューマンドラマとは、ひととひととの心の交流を描いたストーリーです。このジャンルでの流れ者パターンでは、問題を解決することよりも心の交流のほうが重要となります。

　最初はすれ違い、衝突もあります。でも、次第に心と心が近づき合い、心が通い合っていく過程を描きます。ただし現実的にはそうは心は交わりません。特にアクの強い人物が相手となればなおさらです。交流と言うよりは噛み付き合い、心の接触、交差で終わるかもしれません。それでも2つの個性が交差すれば、互いの心にわずかであれ、認め合うものが生まれることはあります。ただ、どちらにしろ、大切なのは丁寧さです。慌てず急がず、演出やセリフを丁寧に積み上げて一緒にいる時間を持たせるようにします。

　アクションストーリーでも心の交流はありますが、本題はアクションです。心の交流はもっぱらアクションを伴う危機的経験を共有することで表現され、「次々起こる危険への対処＝心が通い合っていく過程」とされます。そして危険が多く大きいほど深い結び付きとされるようです。ヒューマンドラマのように、時にはさりげなく地道に心の触れ合いを積み上げていくことはあまりしません。

　仕事を終えて去っていく赴任者の流れ者パターンもあります。職業は聖職者です。

またしても古い映画ですが『我が道を往く』(L.マッケリー監督、1944)という米国映画があります。この映画の主人公は若い神父です。つぶれかけた教会を立て直すために若い神父が派遣されてくるというお話でした。歴とした聖職者が司教に命じられて任地に赴任してくるのですから、素性の知れぬ流れ者が流れて来たのとは一緒にできません。ですがストーリーパターンは見知らぬ土地に「来て、解決して、去る」という流れ者パターンでした。教会の責任者だった老神父への気遣いが感動的なまさにヒューマンなドラマでした。

　音楽が楽しい『天使にラブ・ソングを…』(E.アルドリーノ監督、1992)も教会が関係した娯楽性の高いヒューマンドラマでした。ギャングに命を狙われる女性歌手が一時だけ修道院に隠れ、その修道院に新風を吹き込み、生まれ変わらせます。いかにも世俗的でいて自由で開放的な女性歌手、一方で禁欲を旨とし厳格な戒律を守ろうとする尼僧、ばかりでもありませんが善良で純粋な尼僧たち。**救い出す者と救われる者が対照的なキャラクター**というのはヒューマンドラマではしばしば設定されます。

05 ● 心温まる人情ストーリー

　観たり読んだりしたあとで、魂が救済されるという大袈裟なものではなく、人情に触れ、ほっこりと心が温まるといった感じのストーリーがあります。これらもまたヒューマンドラマと言ってよいでしょう。多くは人情喜劇、もしくはユーモアを取り入れたストーリーです。

　流れ者パターンが用いられている場合には、「来て、問題を起こして、去る」ほうのパターンが使われています。

問題を起こす流れ者（風来坊）と言えば、すぐに頭に浮かぶのが、日本映画『男はつらいよ』シリーズ（第一作1969）の主人公、フーテンの寅こと車寅次郎、寅さんです。『男はつらいよ』のストーリーパターンは次のようなものです。

憎めない流れ者の往還パターン

　寅さんは、縁日などで啖呵売り（いわゆる叩き売り）をして全国を回るテキヤの風来坊です。でも東京の柴又に故郷と実家があり、心配してくれる妹と叔父夫婦がいます。本人がどのように認識しているかはともかくとして、帰る家とてない流れ者ではなく、時折帰ってきては迷惑ばかりかける困った家族（親戚）というのが映画での彼の立場です。
　ストーリーの舞台となる地は訪れた地方の土地土地、そしてそれ以上に、帰ってきては騒動を起こす柴又です。シリーズを通しての往還パターンと言ってよいでしょうか。
　この行き来のくり返しは誰にでもできるというわけではありません。愛される風来坊、憎めない困り者にこそできる技です。

06 ● 善意の行動でひと助けする娯楽作品

　娯楽作品であっても人情味のあるヒューマンな味付けをすれば、広い意味でのヒューマンドラマとしてもよいでしょう。

　"流れ者"パターンでは、日本映画であれば、齋藤武市監督『ギターを持った渡り鳥』（1959）に始まる日活アクション映画の渡り鳥シリーズがあります。腕が立ち度胸もある、ちょっとひねた風来坊が、その土地に巣くう悪漢たちを退治し、善良な家族やヒロインを救い、人々の暮らしを守って立ち去ります。西部劇を現代日本に置き替え、勧善懲悪に少しばかりアウトロー風味を加えたようなシリーズでした。ヒューマンドラマとまでは言えませんが、ヒューマンな内容を持った娯楽作品です。

06-1 ● そこにある問題と事態を工夫する

　流れ者パターンの娯楽作品では、訪れた土地で起こっている問題や事態に工夫が必要になります。商売に邪魔な善良な家族に散々の嫌がらせをしてくる町の悪徳ボスを懲らしめる、といったシンプルなものばかりでは飽きがくるというものです。
　流れ者が、「来て、解決して、去る」、という単純な構造も、**訪れた土地の設定と出来事の展開を工夫すれば、かなりの膨らみと厚み**が作品に出てきます。パターンのことをまったく意識しなくなるほどです。

　優れた例として、黒澤明監督の娯楽映画『用心棒』（1961）を挙げておきましょう。主人公の浪人三十郎がぶらりと訪れたのは、2つのヤクザ者一家が抗争する宿場町でした。この設定に立ったストーリーのおもしろさゆえに

クリント・イーストウッド主演で同ストーリーのマカロニウエスタン（イタリアが製作国の西部劇映画）、S.レオーネ監督『荒野の用心棒』（1964）が作られたことは映画のオールドファンのよく知るところです。

06-2● シリーズ化される流れ者

娯楽作品では流れ者や風来坊のストーリーは続編やシリーズにしやすい点が大きな特徴となります。訪れる場所が変われば、そこに暮らす人々や、人々を取り巻く環境や、問題、出来事も変わります。

先に紹介した『用心棒』の続編が『椿三十郎』（1962）です。前作のヤクザと町人たちの話とは打って変わって、大名家の権力闘争が引き起こす騒動のお話でした。

主人公の設定に特徴があったTVドラマシリーズには、ニヒルな無宿人を主人公にした『木枯し紋次郎』（1972-1973、原作は笹沢左保の小説）があります。無宿渡世人は日本の伝統的な流れ者で、かつては大衆小説や芝居、映画で活躍したキャラクターです。各地の親分のところに宿泊してご飯をいただく一宿一飯の恩義を受けながら各地を回りました。定職はなく博打や親分からの頼まれ仕事で生活する渡世人。無宿とは当時の戸籍（人別帳）から外れた者のことです。紋次郎はニヒルなくせに気の毒なひとを救い出します。結果的なのか、実は人情があるのか、といった感じで結構ヒューマンです。

長くシリーズ化されるかは、流れ者のキャラクターにかかっています。毎回別の土地を訪れるとはいえ、ガラリと違うストーリーを作るのは難しいからです。その不足分を主人公の魅力が補います。

H2

作例と解説

流れ者パターンのヒューマンな娯楽ドラマ

07 ● 流れ者でヒューマンな娯楽作品を作る

　流れ者を主人公にした「来る、解決する、去る」パターンで人情味のある娯楽ストーリーの骨格を作ってみます。

　次の図の丸数字の順番で設定などのアイデアを練りながら作っていきます。

① 流れ者のキャラクター
来る！
② 流れ着いた場所
③ 起こっている問題
④ トラブルの解決方法
問題解決！
⑤ 心を通わすキャラクター
去る！
⑥ 心に残る感慨の内容
⑦ 心の交流場面を考える

　決める設定は①〜⑥の6つです。

07-1 ● 主人公の流れ者キャラを決める

　流れ者ならではのキャラクター設定には次のものがあります。

a. その地を訪れた理由。
b. 流れ歩く理由。
c. 上の2つ（aとb）の理由と整合する職業や身分・立場。
　これら3つのキャラクター設定は、相互に関係します。以下のようにセッ

トにして考えるとよいでしょう。

① さまよい歩くうちに行き倒れた^a　指名手配を受けている^b　ガンマン^c
② 風景が気に入り滞在することにした^a　自由を愛する^b　放浪者^c
③ 町一番の美人に引き寄せられた^a　世間勉強をして回る^b　ボンボン^c
④ たまたま宿を求めて立ち寄った^a　自分が誰かを探す^b　記憶喪失者^c
⑤ 手掛かりを求めて立ち寄った^a　家出した娘を探す^b　父親^c
⑥ 大都会へ行く途中に通りがかった^a　仕事を探す^b　失業者^c
⑦ 姉と落ち合うために訪れた^a　父の仇を探す^b　若侍^c
⑧ 宇宙船を不時着させた^a　故郷の星を失い新天地を探す^b　宇宙人^c

本文で説明したように、流れ者ではない人物や、はっきりとした目的を持って訪れた余所者も流れ者パターンの主人公にできます。

⑨ 野営用の買い物に訪れた^a　鉱脈を調査しにきた^b　鉱山技師^c
⑩ 交通事故で入院した^a　実演販売をして回る^b　セールスマン^c
⑪ 知人の紹介で^a　新設校の野球部監督に着任した^b　元プロ野球選手^c

以上のような流れ者特有の設定をしたなら、一般的なキャラクター設定を主人公に与えます。

たとえば、よくある流れ者キャラクターとしては、腕っ節が強い、突慳貪（つっけんどん）だが根はやさしい、ひねている、調子のよい詐欺師、といった具合です。しかし流れ者と住人の心の交流というヒューマンな要素をストーリーに持ち込むためには根が善人でなければなりません。このことは既に説明しました。

ということで、流れ者パターンに合いそうなキャラクター設定を探してみてください。主人公には相棒がいて2人で流れ歩いているという設定にしてもおもしろそうです。

キャラクターを作る段階で、特に主人公キャラを作るときには、同時にストーリーと作品の雰囲気を考えながら作ります。

たとえば、情け容赦がないとか、ほんのりとしているとか、人情味がどれほどあるとか、ガチガチのハードボイルドだとか、脱力系、派手派手、誰も死なない、といったものです。作品の雰囲気はキャラが決めると言ってもよいですから、自分の作りたいストーリーの雰囲気に馴染むようにキャラ作りしていきます。ここでは主人公の"流れ者"をこうしました。

流れ者。手八丁口八丁の詐欺師。詐欺を働きながら各地を転々としている。金を騙し取ったギャングに追われてもいる。

07-2 ● 主人公が流れ着いた場所

訪れた土地の自然条件や地理的条件、集落の規模、必要であれば過去の出来事など、ストーリー世界の一般的な設定を決めます。

主人公の流れ者がやって来る際に使う移動手段や、到着の様子を考えながら設定すると、アイデアが湧きやすいと思います。たとえば次のように。

①	全裸で徒歩	→	山村。山賊の追いはぎにあった。山賊は村にいる。
②	長距離バス	→	大都会の高層ビル街。
③	大陸横断鉄道	→	砂漠の中に小さな駅舎だけ。町までは数キロ。
④	犬ゾリ	→	雪国の寒村。
⑤	ポンコツ宇宙船	→	宇宙ステーションか宇宙コロニー。

珍しい自然や地理的条件、地形にこだわる必要はありません。流れ者パターンに沿ってストーリーを作るときには、舞台作りよりも、ベースにしたストーリーパターンを忘れるほどにストーリーを作り込むほうが大切です。訪れた土地に凝ると、設定のおもしろさは増しても、流れ者のストーリーパターン

が目に付くことがあります。だからというわけではありませんが作例ではこれだけ。

> 主人公がやって来たのは海と山のある町。温泉のある観光の町。鉄道でやって来た主人公が駅に降り立ちます。

07-3 ● 町で起こっている問題を決める

その土地で起こり、流れ者によって解決される問題がどのとうなものかを決めます。問題とされそうな事柄をいくつか挙げておきましょう。

① 地域規模（市町村・地区住民）の問題。
天変地異、過疎化、財政難、環境汚染、治安問題、圧政、重税、ほか。
② 企業・団体規模（会社全体）の問題。
赤字、営業不振、企業犯罪、営業妨害、労働力不足、労働争議、ほか。
③ グループ規模（企業一部門、交流団体や部活動）の問題。
モラルハザード、実力不足、予算不足、指導者不足、活動拠点問題、ほか。
④ 家庭規模（親子、兄弟姉妹、家族）の問題。
借財、介護、育児、困窮、家庭内不和、抑圧、DV、地上げ、村八分、ほか。
⑤ 個人規模の問題。
傷病、孤独、自我、性的問題、恋愛、復讐、金欠、イジメ、ほか。
⑥ その他（どの規模でも）。
妖怪・怪獣・宇宙人・動物の襲撃、祟り、超常現象、ほか。

これらの事柄は、流れ者パターンに特有のものではありません。どのようなストーリーにも登場させられるトラブルまたは問題・課題です。

　解決する問題をどれにするかは、作品ジャンルが関係します。ここで決める問題の中身が作品ジャンルに適した内容になっていないと、目的とするストーリーにはならないからです。たとえば、ジャンルがミステリーなら、犯人探しが解決するべき問題の中身となります。
　また、そこにトラブルがあれば問題解決を妨げる敵役がいるかも知れません。たとえば次のように。

① 地域規模（市町村・地区住民）の敵役。
　町のボス、腹心、配下のその他大勢、雇われた流れ者（用心棒）、ほか。
② 企業・団体規模（会社全体）の敵役。
　専制的な長、冷徹な副長、太鼓持ちの中間管理職、敵対企業、ほか。
③ グループ規模（企業一部門、交流団体や部活動）の敵役。
　頭の固い指導者、イジワルな先輩、やる気のない同輩、ライバル、ほか。
④ 家庭規模（親子、兄弟姉妹、家族）の問題。
　抑圧的な父親、バカ息子、不良の身内、追い立てる地主、高利貸し、ほか。
⑤ 個人規模の敵役。
　無理解な家族、イジワルな級友、ライバル、嫉妬や恨みを持つ者、ほか。
⑥ その他（どの規模でも）。
　妖怪・怪獣の類、悪霊・幽霊の類、悪魔・精霊の類、魑魅魍魎、ほか。

　流れ者パターンにありがちな敵対キャラクターを挙げてみました。「町のボス」のより具体的な設定には、悪徳政治家、強欲な商人、悪代官、といったものが入ります。

ここではミステリーにして、ヒロインを敵役から救い出すとします。ストーリーの骨格は流れ者パターンベッタリにして次のようにします。

しかしこれだけでは、基本的なパターンそのままです。そこで設定を複雑にしてオリジナリティーを出すことにしました。町のボスを3人にします。3人は次のような関係にあります。

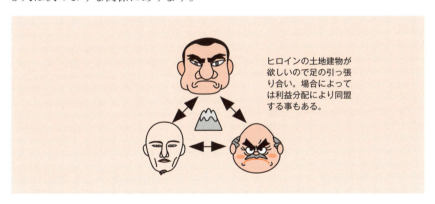

まだありがちなのでもっと複雑にします。ボスたちにはそれぞれの息子がいます。息子たちはヒロインの財産だけでなくヒロインにも関心があります。

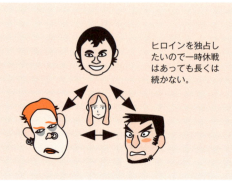

ヒロインを独占したいので一時休戦はあっても長くは続かない。

この他にも、主人公と関係のある人物を加えます。
　この人物は物語のサスペンス性を盛り上げるために謎の人物として登場させます。

●主人公の昔の恋人W
元詐欺師仲間。騙したギャングに脅されて主人公に金を返させようとしている。

●殺し屋X
主人公が騙したギャングに雇われている。金を取り戻せなければ主人公を殺すよう命じられている。

　これだけ登場させれば、エピソードには不自由しそうにありません。
　人物関係毎に作られる個々のストーリーラインを絡ませていき、最終的には１本により上げてメインのストーリーラインにします。ただし登場人物が多い時には、最低限の人間関係を描くだけでも場面がこんがらがり、分かりづらいストーリーになりがち、また冗長になります。逆にせっかく用意した人物をろくに活かせず影が薄い存在に終わることもあります。登場人物が多い場合には、少ない場面で上手に存在をアピールできるよう工夫しなければなりません。さて、作例ではすんなりと物語に組み上げられるでしょうか。はっきり言って自信はありません。たくさん登場させたので、整理できるようキャラクター相関図を次のページに載せておきます。

●主人公H（流れ者）
手八丁口八丁のケチな詐欺師。詐欺を働きながら各地を転々としている。金を騙し取ったギャングに追われてもいる。

主人公がやって来たのは海と山のある町。

●主人公の昔の恋人W
元詐欺師仲間。騙したギャングに脅されて主人公に金を返させようとしている。

●殺し屋X
主人公が騙したギャングに雇われている。金を取り戻せなければ主人公を殺すよう命じられている。

●ヒロインL
美術史専攻の女学生。娘ひとり父ひとりの父親が経営する老舗旅館が火事になり父は焼死。

3人のボス
時に敵対し
時に協調。

ヒロインが得た　広大な土地を狙う。

●町のボスA
国会議員。建設土木関連事業を展開。

●町のボスB
町長。水産加工会社・販売施設を経営。

●町のボスC
ホテル等の観光事業を経営。町議会議長。

●ボスAの息子
父を助けて悪事を働く。

●ボスBの息子
父親の指示で悪事を働く。遊び好きで女好き。

●ボスCの息子
ヒロインのことが好き。単細胞。

07-4 ● 問題の解決方法を決める

解決すべき問題の内容が決まれば、解決方法・解決手段も決めなければなりません。ここでは解決する手段にはなにがあるか考えてみるだけにしておきます。

① 腕力　：殴る蹴る。解決にはならなくても一度はケンカ沙汰がある。
② 武力　：昔は拳銃1丁。いまはロケット弾など派手に一件落着。
③ 談合　：平和に話し合い。何度か会ううちに自然に解決。
④ 知恵　：知恵を働かせてスマートに解決。暴力とセットになることも。
⑤ 知識　：知識で圧倒。知恵と同様に暴力とセットにされることも。
⑥ 人情　：誠心誠意、相手の情に訴えて。
⑦ 技術　：弁舌、工作など。解決できるのは巧みな技があってこそ？
⑧ その他：他力本願、天の恵み、誠意、ほか。

作品ジャンルによっては安直、不穏当なものもありますので、解決方法も作品ジャンルと相談しながら決めていくことになります。作例では主人公が詐欺師ですから、③から⑧の中から幾つかの方法を用いることにします。

07-5 ● 心を通わせるキャラクターを決める

流れ者の主人公が心を通わせるキャラクターを設定します。基本的な例として以下のような人物がいます。心の通わせ方と程度はひとそれぞれです。

① 互いに好意を抱くヒロイン（結ばれるとは限らない）。
② 情報を与え、飲食を提供する人物（食堂や店の主人や女将）。
③ 子ども（慕ってきたり避けられたり）。

④　当初は反発し合うライバル、憎まれ役。
⑤　不幸か不遇の脇役男性。
⑥　怪しい流れ者（敵か味方かよく分からない）。
⑦　暗示や示唆を与える先達（老人や霊感保持者など）。
⑧　野良犬などの動物。

作例ではもちろんヒロインと心を通わせ…るのでしょうか。

07-6 ● 心に残る感慨を決める

　流れ者が去っていくことで、作品中のキャラクターと作品の受け手である鑑賞者に残す感情や印象を決めます。決めますと言っても、①から⑤までを設定すればなんとなく決まってくるかと思います。感謝するとか、慕うとか、心配するとかはもちろんですが、心を通わせた相手キャラクターの気持ちを素直にセリフにしてみると、具体的で分かりやすくなります。

　たとえば、「ワタシを置いて行かないで」、「残ってくれると嬉しいけれど、行ってしまうのね」、「おっちゃん、行くなよ、ここにいたほうがいいぜ」、「まあ、ここに残ってもいいことないか」、「せいせいしたぜ」といった感じです。問題が解決してハレバレとした気持ちになるだけでも OK です。

07-7 ● 心の交流場面を考える

　残された者が抱く感慨の内容が決まったなら、その感慨を抱くようになる場面を考えます。ヒューマンドラマはもちろんヒューマンな娯楽作品でもここが肝心、また難しくもあります。

　一場面だけではできませんから、数場面を重ねて徐々に好意を持つようにさせ、愛情や信頼を持つところまで持っていきます。どういうことで愛情や

信頼を持つようになるか、そしてその感情をどのように自然に、印象的にセリフや行動で描き出すかは作者の腕次第ということになります。ヒューマンな物語は全てがここに掛かっています。実生活や、さまざまな作品を観たり読んだりして学んでください。

　以上で解説はお終いです。最終結果は、ストーリーの粗筋に少しばかり演出を加えて膨らませ、箱書き形式にして次ページ以降に載せておきます。ただし中略です。娯楽要素で肝心なミステリーネタは省略です。また感慨の内容とそれを抱くまでの段階も省略です。それを出すには細かく描いていかなければなりません。そのため省略です。

　作例のタイトルは『アロハを着た風来坊』です。

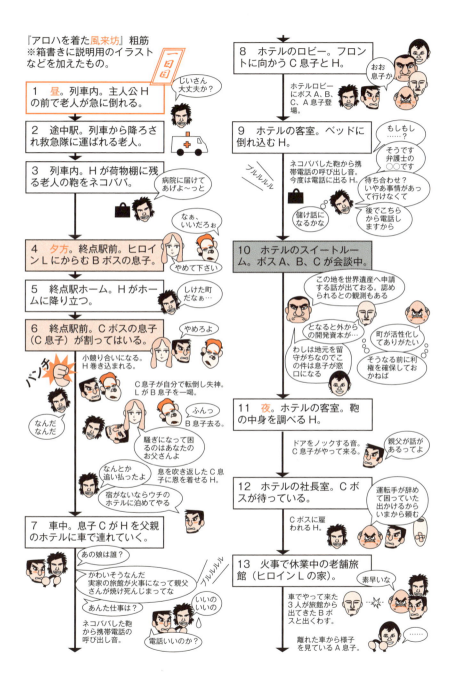

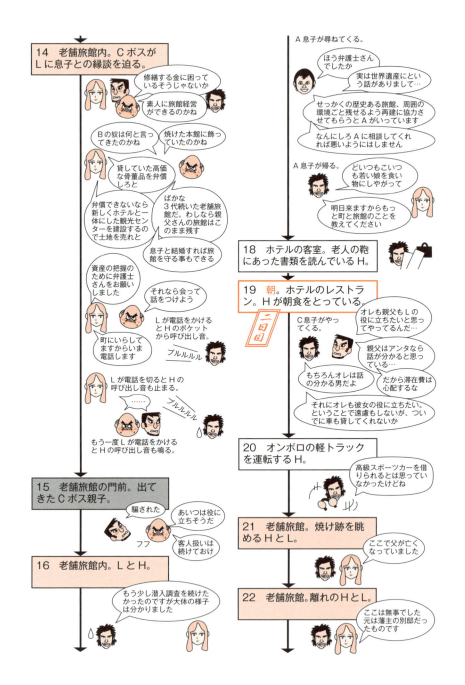

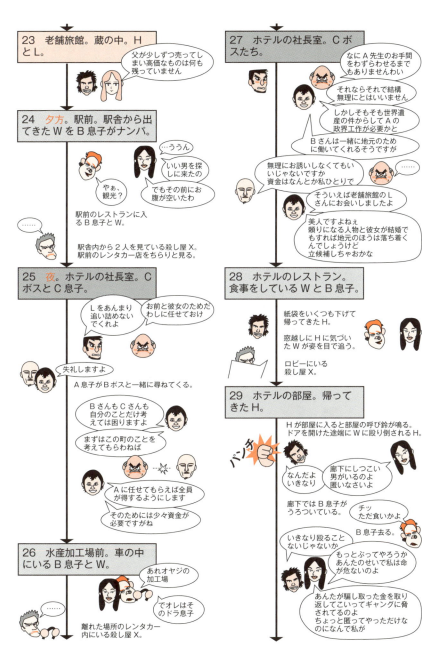

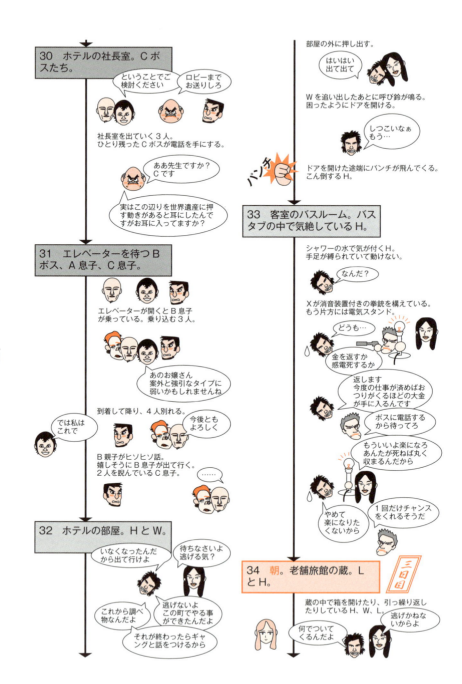

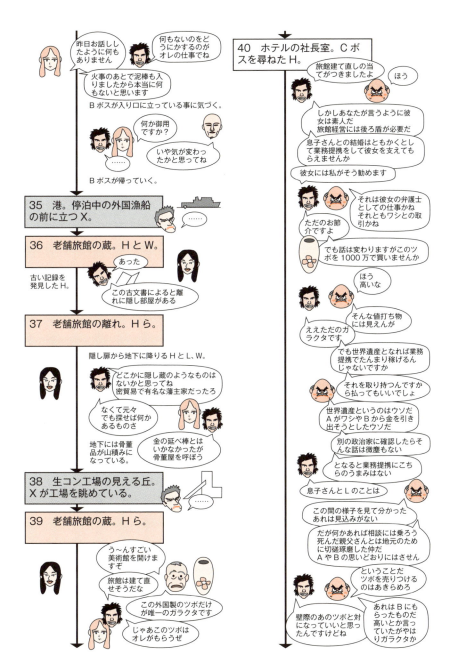

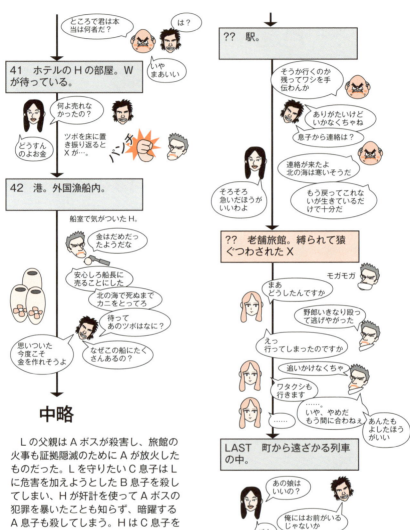

附録

起承転結に代わる5つのパートでストーリーを作る

起承転結では作れない

　物語の構造と流れを表した言葉に"起承転結"があります。ストーリー構成の基礎中の基礎で、ストーリー構成の基礎パターンを示しており、"起"にはじまって"承"と"転"を経て"結"で終わります。それぞれの意味はだいたいこうです。

【起】　ストーリーの始まり。登場人物や取り巻く環境が初めて明かされ、どういう内容・ジャンルの物語がこれから始まるかが示される。

【承】　登場人物や設定、事実が、関係性を持って示され、ストーリーが展開していく。

【転】　ストーリーが収束に向かって大きく展開する。始まり時点とは変化した登場人物の心情や状況、環境などが示される。しばしばどんでん返しや、物語最大の山場（クライマックス）が描かれる。

【結】　結末。いままで描かれてきたストーリーがひとつの状態に落ち着き、物語の趣旨や作者の意図が理解されて終わる。

　前著『ストーリーの作り方』でも少々素っ気なくではありますが触れています。起承転結は物語の構成を簡潔に表した言葉です。しかしストーリーの作りを解説することに用いるのにはよいのですが、実際のストーリー作りにそのまま応用できるかというと、多分できません。少なくとも著者にはできません。そこで起承転結ではストーリーを作れない著者のような方のために、"起承転結"を参考にして５つのパートからなるストーリー構成を考えてみ

ました。こちらのほうがより実用的と思うのですが皆さんの評価はいかがでしょうか。

 ## 5つのパートで作るストーリー

　著者がストーリーを作るときには、次のように5つのパートでできた流れを意識している気がします。気がするというのはこの流れを金科玉条としているわけでもなく。意識しているというよりは、時々浮かんできてはストーリーの一部分を作る指標としたり、作ったあとの点検に用いるといった感じだからです。

　その5つのパートと、それらで作る流れ、つまりストーリーの基本的な構成パターンとは次のようなものです。

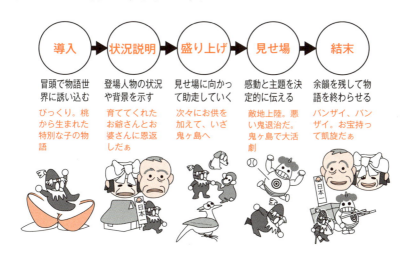

　上図の最下段には、具体的な例としてお伽話の『桃太郎』を当てはめておきました。

　このパターンは作るときだけでなく、ストーリー作品を鑑賞したりするときにも作品のストーリー構造と構成を把握するときに利用しています。

物語が盛り上がっていく経過を線で表し、この基本パターンに重ね合わせてみると次のようになります。赤色で塗った山形が盛り上がりの度合いを示しており、高いほど盛り上がることを示しています。

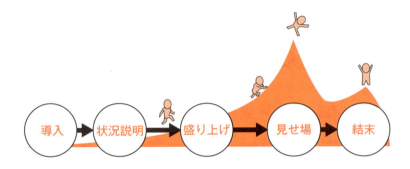

　『桃太郎』のようなお伽話や、短編の短いストーリー作品では、基礎構成パターンそのままの姿で、盛り上げ方もこのシンプルな曲線に則っています。描写分量が少ないのに構成を複雑にしてしまうと分かりにくくなるからです。ストーリーの受け手（鑑賞者）が幼い子どもである場合はなおさらです。

　一方で多くの作品では、これほどシンプルな曲線にはなっていません。あちらこちらに小さな見せ場を作るなどして盛り上げています。たとえば次のようにあちこちがトゲトゲしています。そして最も高いトゲはやはり"見せ場"となります。

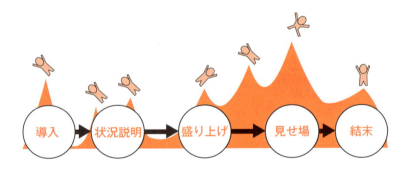

起承転結と5つのパートの関係

　パターンにある5パートと起承転結の対応関係は一様ではありません。ストーリー作者の感じ方もありますし、ストーリー描写の内容や分量の違いによって対応関係が変わってきます。以下に3つの例を示しておきましょう。

　最大のポイントは"転"の捉え方です。

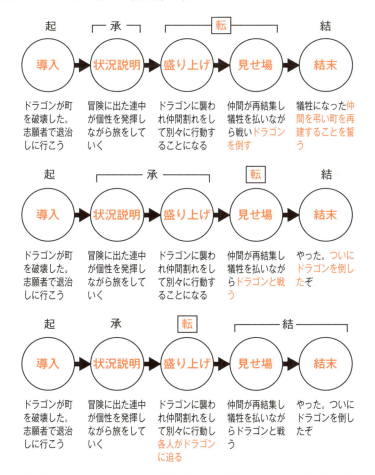

　上の例を比べていただくと"起承転結"が理解するための構成であること

も分かっていただけるのではないでしょうか。

作例と解説：5つのパートで作ってみる

5つのパートからなる構成パターンで実際にストーリーを構成してみます。登場人物は皆さんご存知のこの2人です。

キャラクターの説明を省くために、主人公を足柄山の金太郎と一寸法師（約3.03センチ法師）とさせていただきます。まずは"導入"から。

Sample 附録-1　仲たがい

導入

冒頭で物語世界に誘い込む

マサカリを振り回してひとりで金太郎が暴れています。かと思いきや実は動き回る一寸法師とケンカをしているのです。元々は仲が良かった2人なのに、一体どうしたことでしょう。

お伽話のヒーロー2人がなぜかケンカをしています。お伽話の同じ住人同士てっきり仲がいいものだと思っていました。意外です。

物語へ誘い込む"導入"の仕方には、作例のように意外だったり、派手だっ

たり、「おっ?!」と思わせる場面から始めるのがひとつ。それとはほかに淡々と始める、のだいたい2通りがあります。次に"状況説明"。

Sample 附録-2　魔性の女

状況説明

登場人物の状況や背景を示す

元々は仲が良かった2人が仲たがいしたのは、マドンナのかぐや姫がどちらが強いかを尋ねたことからでした。

　元々は仲が良かったのに、いまは悪いというのなら、第一にまず考えなければならないのは仲たがいしている理由です。

　ここではひとりの女性を登場させ、彼女を巡って仲たがいしたことにしました。金太郎と一寸法師が色香に迷うとも思えませんが、そこはパロディーとしてのアレンジを加えます。しかも登場させたのは、男性を翻弄するのはお手の物という魔性の女（？）かぐや姫です。2人は彼女にいいところを見せようとしていがみ合います。

　しかし争いの根にあるのは、武勇を誇る英雄が持つプライドではないでしょうか。彼らにとっては恋心よりも、英雄としての誇りのほうが大切で、それが懸かっているからこそ激しく争っているのではないでしょうか。

　これは英雄という存在に対する作者の解釈です。ストーリーは作者の解釈で作られます。遠慮せずにこの解釈に沿って問題を解決することにします。

　このようにストーリーの前提となる状況を説明しています。ここから"盛り上げ"に入ります。お伽話の主人公たちがいつまでも仲たがいしていては「よい子」の教育に悪いので、仲直りするように盛り上げていきます。

Sample 附録-3　鬼はかすがい

盛り上げ

見せ場に向かって
助走していく

そんな平和な村が凶悪な鬼に襲われ、かぐや姫がさらわれます。2人は言い争いながらも、障害を取り除きつつ救出へと向かっていきました。

英雄が持つ誇りは好敵手への敬意も生み出します。となれば、互いに英雄として再び認め合う切っ掛けを与えれば仲直りしてくれるかも知れません。そこでお伽話では定番の敵役、鬼の登場です。

争いは鬼の登場とかぐや姫が誘拐されたことで休戦となりました。

Sample 附録-4　罪な女

見せ場

感動と主題を決
定的に伝える

「筋肉脳」「チョロ助」とあざけり合っていた2人でしたが、激しい戦いの末に互いの特徴を生かして鬼を退治することができました。ところが降参した鬼が言うにはかぐや姫など知らない、見たことも聞いたこともないとのこと。これはいったいどうしたことでしょうか。

救出に向かう道中と鬼の住み処では、金太郎の持って生まれた剛力と、一寸法師の素早さが遺憾なく発揮されます。最後には2人の力が組み合わさって鬼を倒すことができました。後付けですがストーリーの主題も見えてきました。このストーリーの主題は「いがみ合わずにそれぞれの持ち味を生かし、力を合わせれば困難に打ち勝てる」です。そして結末です。

Sample 附録-5　ぼくたち親友

結末

余韻を残して物語を終わらせる

実はさらわれたと思ったかぐや姫は、黙って月に帰っただけだったのです。しかしそんなことはもうどうでもよい2人です。金太郎と桃太郎は互いを認め合い、しっかりと仲直りしました。

　こうして互いの力を認め合った2人は、仲直りします。思いを寄せていたかぐや姫が、2人になにも告げずに月に帰っていたことも仲直りの原因かも知れません。争いの元がなくなったわけです。しかしそうではなく、互いを認め合ったからこそ仲直りしたのです。

　ということで5つのパートを元にストーリーを作ってみました。ストーリーの構成に悩んだときには、ぜひこの方法で考えてみてください。

創作トレーニングシリーズ 好評発売中

ストーリーの作り方

定価：本体 1,400 円（税別）
A5 判　224 ページ
ISBN 978-4-7753-1107-3

【本書の内容】
1　ストーリーを作るということ
2　アイデアの出し方
3　ストーリーを錬る
4　ストーリーの部品と演出

　36 の演習で、物語を作る考え方が身に付く。「ストーリー作りはどんな作業？」、「バランスを崩せば個性が出る？」、「ストーリーには絶対的支配者がいる」、「伏線が効いていると言われてみたい」、「『実は…』は意外性を持たらすか」、「困ったときには行動させろ」ほか。

ストーリー世界の作り方

定価：本体 1,500 円（税別）
A5 判　280 ページ
ISBN 978-4-7753-1269-8

【本書の内容】
1　ストーリー世界の役割
2　ストーリー世界はこんな世界
3　世界を作る前に世界を知れ
4　世界の中の空間と存在と時間
5　世界を作る
6　世界作りの手順

キャラクターの作り方

定価：本体 1,500 円（税別）
A5 判　272 ページ
ISBN 978-4-7753-1358-9

【本書の内容】
1　なにを作る？
2　キャラクターを作ってみよう
3　キャラクター属性を与える
4　外見を与える
5　内面を与える
6　社会的な属性を与える
7　こんなキャラを作る

創作トレーニング
ストーリーの作り方 2 [実践編]

2017年4月27日　初版発行

著・イラスト	野村カイリ
編集	新紀元社 編集部
	上野明信
デザイン・DTP	スペースワイ

発行者　　宮田一登志
発行所　　株式会社新紀元社
　　　　　〒 101-0054 東京都千代田区神田錦町 1-7
　　　　　錦町一丁目ビル 2F
　　　　　Tel 03-3219-0921　Fax 03-3219-0922
　　　　　http://www.shinkigensha.co.jp/
　　　　　郵便振替　00110-4-27618
印刷・製本　中央精版印刷株式会社

ISBN978-4-7753-1485-2
Printed in Japan

乱丁・落丁本はお取り替えいたします。
定価はカバーに表示してあります。